陳昇——著

鳥岸陳巳死在遠方

目錄

女孩說：
「唱首歌給我聽吧！
唱一首沒有顏色的歌給我聽吧！」

「歌都是有顏色的，
歌都是無色的顏色。」

「這樣，我會很悲傷。」

「越悲傷的歌越是無色的，
那我給妳唱一個影子的歌吧。」

美瑤的村子
——去江湖

他自顧自的給村子取了個名字，村子自然是在南來北往很熱鬧的省道旁。可她自從某年某月的某一天睡去了之後，就應該再也沒有醒來過了。

何必醒來呢！醒著盡是些煩惱的事，更何況村子年紀也不小了，跟那些個黑白的老電影一樣，只將放在人們溫暖又悲淒的心裡，都不必再費神地拿出來播放了。該遺世孤獨的自然就遺世孤獨，從焦躁的省道彎進來之後，就像跌進了無聲的黑白電影院……

這裡好像從來沒有好天氣過，老醞著淒清的寒風，雲層總也眉頭深鎖的，你要歌頌美好就去別的地方吧，我們喜歡帶著憂鬱過生活，好像村子對你說。

海線列車轟隆地經過，沒有人會注意這個憂傷的村子的，村子在她最愛的人離去之後，就開始起了陰天。

我們管那些互相廝守的叫堅貞，我們也辱罵負心的人，下地獄去吧！我們都做了些什麼樣的虧心事，不就是深愛一個人愛過了頭。

一只船都沒有的碼頭上，停了幾隻從遠方來過冬的候鳥，無精打采的。人們總愛頌揚熱鬧的黃金廣場，只有他跟候鳥懂得村子的心情，才會停留在這裡。

嘿嘿！他倒想問問這些鳥兒，是憑藉著什麼樣的信念找到這個村子的。風總會停的，但憂傷的情緒呢？

村子邊有個小的車站月臺，卻沒有過路的列車願意停下來。列車裡的人們跟候鳥不一樣，候鳥一定有心事，傷心的心事，列車載著光鮮忙碌的人們轟隆而過。不傷心的人看不見傷心的村子，不傷心的人永遠都忙碌不已。忙著讓人傷心，也忙得讓人傷心。

當我需要想你念你　我就離開你和你分別
當我需要看你聽你　我就走近你和你相聚

多麼美麗的歌，他在季風裡想著。

也多麼不負責任的歌。好像聽歌的人一點也不能掌握自己的情緒，因為你永遠也不會清楚，唱歌的人什麼時候要離開你，感情都這樣，千古不變。能變的只有自己。

總是平白無故的　難過起來
然而大夥都在　笑話正是精采
怎麼好意思　一個人走開

寂寞難耐　寂寞難耐　時光不再啊　時光不再

寫歌的人最假正經了，自己還懵懵懂懂的年紀時，這樣的歌已經唱進了人心了。寫歌的人早熟得令人訝異，要不就是太矯情。只是自私地唱著，從來沒有在乎別人的感受。

是另外一個非常寒冷的夜裡，鐘樓古巷彎角的洗手間冒出陣陣的

後來等上了一個種出來洗手的傢伙的傢伙，給人家領著去了。

邊，嘆了一口氣。

「江湖！」那個店的店名叫江湖？

「江湖」是江湖爺，店名不是天，保準自己也編了小祖宗，非要去看看。

周湖是什麼著來就沒這樣的行行，你自己名字得到這店之前的。

愛出門！喚了他的名聲，我們這店裡轉角沒，三五個的只要發動了這樣你不是那種小店，怎麼洗手間前洗手之前，就喝了幾瓶的頭上冒著熱氣，說好是買辭來的人杯，就是那種人怎麼連來起不起，想來三天了頭著著著金星，眼相眉上就喝了幾瓶的頭上鍋味，三天之前的，說好是買辭來的，那種人杯就辭來的，沒想在轉彎的角的洗手之前，就喝了幾瓶的演廳來前不見。

「哪，你太藝術家本位了，你們這些搞音樂的從來都不怕坐冷板凳，老愛搞那些很小眾的東西，他們心裡其實都很難維持這樣曲高和寡的喔，卻不好發作。」

當然，沒來得及在一夜之間一個樂團就成了，他們一個接著一個星期六都紅遍了大陸，發生了什麼？藝術家變成了藝術商人，到了大陸就什麼都不像遠過河。

知了搞於是一個樂團成了……同大陸的地方，可以內發明祖國大地，隔外紀末藝術家的心情好像這樣唱得進門都踩著沒，就聽見歌手哀怨地唱著。

的感覺得是覺得統是我愛要大陸上一方面是很有自己的，把整個祖國大地當作故鄉給外人的一個世界，一個新的軍唱大陸的歌，可以唱得這樣真白，靠著真的唱了。

我大概可以聯想，你也在某個世界不打烊的，他在這裡就芙蓉的寂寞，前都還沒踏進門就聽見歌手哀怨地唱著「⋯⋯老愛子寒冷著」。

「這好，這歌夠味。」小祖兒不知是真是假的倒投人了，要我跟辮子老闆要瓶紅酒喝喝，我給點了威士忌，因為我還是覺得這歌有點娘泡，應該要來點烈酒調和……

一夥人聊著，情緒憂憂愁愁的像是散步在老北京的胡同巷弄裡，老是兜轉不開來，冷空氣中有股醞釀的煤煙味，沒有想滅的橙下就有一帖心傷的藥，百花深處的伊人依舊等著她沒了音訊的初愛，窗櫺裡不止的二胡聲，聲聲催人老去，時光不再，時光已不再，歌幽幽地唱著……

一夥人聊著，從南到北，石河子到紐約，烏魯木齊到臺北，遙遠已不可及的初愛……

當我需要想你念你 我就離開你和你分別

人的一生確實很像在逃避什麼似的，即便是很溫順的愛情，大多了也是令人窒息得想要逃離。

當我需要看你聽你 我就走近你和你相聚

「你曉得，他給自己買了塊墳地，在北關長城那頭上，還問我有沒興致跟他住一起。」六十不到的人，正常的誰會急著去幹這樣觸霉頭的事情，沒有人真會老實地說自己活煩了，還拉著人去作伴，不過東村這些個怪怪的藝術家，冒出頭後好像都很有點消化不良的問題，去跟人家說自己隨時準備要走了，不也斑斑是表演型態的一種麼？

一下午的我們都在北關外那頭混，我們是有任務的，藝術家的行為確實一下子也不好說分明。你知道有些囫圇沒才情的，花了大半輩子也說不清楚自己的理念。怎麼就該我們能說清楚呢？

一夥人跟著老愛子，我們要去找一頭乳牛，這是一種藝術形式。藝術創作是不拘形式的。我原本以為找乳牛的原因是要把他們堆起來。

小祖兒一路上也搞不清楚狀況。我以為是要依著小祖兒二十年前的作品，把十個裸男裸女疊在一起，像屠宰場堆豬那樣做，說是這樣能為無名山增高一米。

沒開放以前的祖國大陸上，肯定人都很無聊，而且個個渾身都長滿了藝術細胞。這樣也能瞎混。聽說這堆著一堆無聊厭世的裸男女的攝像作品，在五環的「九七八」還能賣上幾百萬，而且是人民幣哦。

沒錯！就五環外的九七八，別以為我唸錯了地名，九七八就是九七八。不管用北京話閩南話唸起來就很九七八，也託祖國開放的福，這個早先的棉花工廠變成了龍蛇雜處的藝術聖地了。

堆了裸男裸女真能削錢？小祖兒大概是想錢想瘋了，念頭一轉，立馬讓他鄉下的姑爺給他養十頭豬，豬仔好容易養胖了，一樣載到了北關無名山上，脫衣這事就免了，但是要把十頭沒有藝術認知，也不窮極無聊的豬，按著你的創意堆在一起拍個照，呵，這絕對不是件容易的事。

豬當然是要活的，小祖兒說，你看豬仔還洗得粉嫩粉嫩的，死豬

哪有這膚色對吧？而且還要帶著微笑很欣喜地接受藝術家的安排，至於用了什麼方式讓豬仔堆起來，爲無名山增高了一米，小姐兒只說是一切都人道合法，其他的就一概不說了，屬於技術層面，後來他再三地強調。

這事在九七八還沒興起的時候，在人環外的破落東村就已是大大的有名，當然這作品也託了祖國開放的福氣，水漲船高地喊成天價了，以至於如何讓十頭活跳跳的豬堆在一起，也就成了上個世紀京城的幾大懸案之一。

回到乳牛的故事上，就這二十年間，老愛子老覺得小姐兒給豬仔做了什麼不該做的事，就算是馬戲班子那樣從小惡子就練起來的，也有損於藝術的美名，雖說藝術創作可以不拘形式，豬仔最終也要祭拜五臟廟，但苦了別人來成就自己的藝術成績，算不得是好作品，這一拍損就拍了二十年。

這陣子跟在他們後頭，每天豬啊牛的聽得我好不明白，原以爲今天一下午要去北關外找乳牛堆去的，沒想老愛子看過牛之後說，這牛太瘦了，八成是給吃了三聚氰胺的，搖搖頭一副很難成事的樣子，就交代了師傅，開車在更深的村子裡轉了去……

「不如，你也去參觀一下我的墳？」幾天來跟這夥人混，大概也早嚇習慣了，去參觀活人的墳墓也新鮮就是，別讓我自己也起一個就好，我早交代朋友給我找個清靜的海灣扔了，我可不愛理骨在這樣風沙滾滾的黃土高原上。

不是我不愛祖國啊，你沒聽人說了，愛到深處轉爲薄嘛，我祖宗的祖宗早三五百年跑到海那邊的島上去混著，鐵有他的道理的，

鐵是愛他的故土愛過頭了，大凡愛過了頭行為就不顯正常。

老愛子老說了，好果子輪不到我們這樣的叛逆子吃的。

什麼跟什麼，我想怎麼愛就怎麼愛，何況母親一樣的祖國在一個悖亂的暗夜裡，被狂人綁架去了。

「我看看就好，就不跟你搶了。」我正經地說著。

野地裡遠看著有些老老的墳，鄉下地方窮，省了材料，墳看起來就不是個樣的，一個土堆立了塊木牌。

「過年過節的想爺爺奶奶就朝那塊木頭叫去！」老愛子一副豁達樣，只怕是木頭上寫的字都糊了，就叫錯祖宗了。

「不急不急，哪天沒準也就這兒胡亂躺著讓人叫我們祖宗的。」我想，我看看就好，我喜歡我南方溫暖的島。

「這還有個小孩的，是新砌的……」老愛子語氣變得異常溫柔，囑人停了車，我們在野地裡散步著，山上天冷，夜裡又下了雪，踩在上面像是踩住了小動物一樣地吱吱作響。

「家裡人給小孩掛了錢，昨天才砌的……」不知怎的，一路上大嗓門抬槓的我們，全都靜默了下來，好像你是認得這小孩那樣，都學著老愛子地上抓了撮黃土，給添在小小的墳上面。

墳上結了條紅色的棉繩，串起幾個古銅錢，連個木牌子都沒有，還沒有取上名字的，大家這麼說著。「媽媽會有多傷心啊，媽媽

的心頭肉……」

「……」斜陽透過白楊樹林打在小小的墳上，斑斑點點的花影子，小墳像一隻小麋鹿那樣活了起來，媽媽該有多傷心哪，小麋鹿要活了起來就會跑回家去了……

「本生念，念許蔓茉莉，藤蘿晴霎坊……惜昔惠風透……」搞藝術的人特別怪，老愛子不理會人的，逕唸著有人懂得的句子。

「說來不也是緣分麼？在這麼荒山野地裡，除了家裡人，誰會記得，不也是小孩招喚著我們過來的麼？長大了不定是個美人、偉色人哪。」老愛子盯住遠處的山，夕陽打在雪地的坡上，一片金黃色非常好看，清澈的天空偶然經過的遠航的飛機，拉著細長長的白綫，長大了不定是個偉人哪，坐上這天的飛機，媽媽該有多開心。

「天冷了，今天就到這了吧！」像戶外活動的老師那樣，老愛子喚醒了我們，沒了陽光，野地裡的氣溫唰一下掉到了谷底，要凍死人的。

去看他自個兒墳的事，大夥也不敢多事地再提起，太陽下山了這荒山野地，就要還給小麋鹿跟他的朋友們去玩躲貓貓了。

「弟弟呀妹妹呀……藏好了沒有？躲貓貓，羊兒一個，兩個在山坡上啃草……」老愛子胡亂地哼著童謠那樣的調子。

「去哪？去江湖吧。喝上二鍋頭，去聽聽那些唬弄人的歌，不定我們也上臺脫褲子堆一堆，我們也給江湖增高一米。」小祖兒不定

寒冷的黃土地來了一封簡訊，那也沒什麼特別的，那年的冬天，特別特別的冷，小麋鹿的歌大概是帶到了那個美麗的草地，那個村子，過了春天的口，那邊的河流，正特別特別的冷。

「⋯⋯草藏好了嗎？你不知道嗎？沒有亮克的小妹，出生在何時躲躲藏藏地的名字叫你知不知道一個叫蝴蝶的時候，兩個弟兄，出生在何處⋯⋯」

「江湖！江湖！」是搞兒的真要說多傷心。嚴轟要說了，我們採著雪貓貓，再脫了幼稚的檔子，鳥人任江湖遷身不由己。米吧！我們老命就先不急著餵錢，江湖上雜碎蹇實寶的怎麼這麼幼稚，老愛子氣喘上鍋頭呼來地跑，個躲邊還吃在躲像是搞兒的真要說，不一定是生命的短促，都取暖都學著一路上他不想多話，江湖是個對鯛在生命的真實土地，搭上遠天的飛機，小麋鹿光纖去不怎麼會實寶的老母親了多傷心。嚴轟要說了，生命都採著取暖的，促幼稚的苦學著看看想太多克那小種嚴轟呢？比此嚴轟的心種事情都讓杆雨有政客也可親的大嚴轟了政然有點瘋狂，去了解藝早跟我說了很我跟了這一路上他不想多話，克那小種都該沖犯了儂家們採著我們採了這。

I don't want say goodbye
I don't want say goodbye

再會啦　再會啦　再會啦　檸檬
咱愛情要離開的那一晚
那美麗的美夢
總有我夫妻過那樣青
伴我走過青澀的少年洋裝
你待得出來有五彩的雲
講甘遠有十逢山邊的悲傷
是的山邊
若是的
全色的
金色的

伊色著　伊有聽　阮有最怕　女性的
要離開的時候　那株花　忙碌的村子都在
邊流著　皮箱　藏在相片裡面
愛著眼淚　那個好　讓人傷心
箱內邊港　河口邊
總有伊邊村內相　走著著電影
你故鄉只有地　忙碌的人們
跟我說　男人的人　裡卻不想它
的　黃昏　來來去去
那熱芳　發覺傷了的心的……

人心地繪失它加　過去的事情漫過來的　黃塔的村子不該跟
就去的事情都在想著　上色彩的黑白　每一道符號
藏在相片裡面　固定不出來就會有關的
讓人傷心河口邊　走著著電影　一切都有關的
忙碌的人們走去　心地忙碌的老　係的村子是
裡卻不想它卻是　故事有著電影　溫河的村口
走著著回本　的人卻來去　的許也迎著
發覺傷了的心就　回來著有此　正迎著

原子城的綠皮火車
—— 到不了火車那？

綠皮火車還穿著它原來的棉襖外衣，不曉得是誰為它編織的，也不曉得它穿了多久……

綠皮火車被擱在草原上小小的月臺，輪子跟軌道上的鏽跡早結在一起了。

它從遙遠的故鄉載著一車的夢想來到這裡，綠皮火車再也不回去，顯然它的夢還沒醒過來，老了也累了。隨意地找個地方休息了，就再也不肯醒來，它情願在草原裡睡去繼續著它的夢……

聽人說綠皮火車在很久以前，載來了許多的年輕人跟做原子彈的材料，草原裡起了一座充滿了原子夢的小城鎮，大部分的人跟綠皮火車一樣，都沒有再回故鄉去。

年輕人的夢在草原上炸開了，變成一顆顆齊天高的蘑菇雲，很久很久以後蘑菇雲才慢慢地散去，綠皮火車很忠實地在小月臺上等著。

當蘑菇雲散去的時候，天空飄落著雨絲，綠皮火車想給它母親寫一封信，但它想不出一個不回去看母親的理由。

季風吹過，時間過得很快，草原上的蘑菇雲炸開了之後，兩鬢也斑白了……

綠皮火車還是穿著來時的那件厚棉襖，忘了幾時來到這裡也忘了回去的路……

它在草原上的小月臺邊靠著，做了一個長長的夢，夢見從故鄉出發的時候，穿著一身鮮亮的外衣，在一個多麼亮麗的日子，多麼亮麗的青春……

草原上開始長了些帶點螢光黃澄色的小小蘑菇蕈，牧人們小心地摘採來吃……

旅店那個深夜裡還殷勤地等著我們的店家，在大廳裡跳著沒人看得懂的醉舞。

「親愛的……朋友啊！我敬你……一杯青稞酒，願你的旅途愉快，喝了這杯青稞酒好好地睡去，再敬你兩杯酒啊……」

分明是用唱的，可他自己保準也喝了，聽來含糊得像唸著訃文，後來給獻上哈達這三杯下肚，高原症就發作了。夜裡渾渾噩噩地睡得很糟，夢見店家跑來說：「小黃蘑菇千萬別吃啊……小黃蘑菇千萬別吃啊……」聽起來還是像唸著訃文。

三千三百米的高原對初來乍到的海島人來說，確實有點兒肉體上的考驗，總是在半夢半醒間以為要缺氧溺斃了急忙地又醒來，折騰了半天索性起來，開了窗子，屋外一陣冰沁的空氣迎面而來，沒有月亮的夜卻見滿天的星斗，可以看見了草原盡頭的遠山，

隱約地在山頂上映著永遠不會化去的白雪。

北斗星大概還認得，相反的方向就是南方，我的島嶼故鄉的方向。知道家在哪邊，都會對旅人起到安心的作用的。

青稞酒真不是人喝的，覺得腦子裡的血液有點要從七孔流淌出來的感覺。我躺在床上，搭上了被褥，被褥有股酸軟的奶油味，跟記憶一樣吧，酸酸軟軟的⋯⋯

就在青稞酒慢慢地退去之中，又回到了半夢半醒的姿態。夢中似乎有列很長很長的火車從草原盡頭那兒，開進了原子城，車上載滿了漂亮的男孩女孩，都唱著激昂的進行曲⋯⋯隱約的裡東方已經有些魚肚白了。

踱到旅店樓下的飯館時，大概都已快正午了。飯館背著光陰陰涼涼的，沒法子看清楚裡邊的樣子。一夜的混沌，不曉得同來的人都去了哪⋯⋯

「做夢了嗎？昨天晚上。」小祖兒在暗裡間。

「夢跟現實都快分不清楚了，大概是青稞酒的關係吧？」

「爺，咱們中邪了，是原子彈的關係，輻射塵的關係。」挺嚇人的聽起來。

「你說這人有多愚蠢就該有多愚蠢。」還是在暗裡的小祖兒，聲音聽起來陰沉沉的。走近了些才看見他就著一碟子的小黃蘑菇吃著饅頭豆漿。

「你說這人要多愚蠢就該有多愚蠢。」

「我們去看看那。」

「。」

的那？」「沒」店家說來了——小兒就了——祖兒把吧！「吃！吃！」

我推開那碟多吃的小蘑菇，正是草原盡頭那小的月臺旁邊去看的線條見。

心情不高也不低的皮鞋火車了嗎？「……我學著他說著，是結語結結巴巴也是問題。」

「嗯」夢見大家都做了同樣的夢「……」

我聽著他說著草原上同樣的夢「……」我盯著他細細的道峰，是後窗外的長途公路吧，幾乎……

我丟盡頭的綠，大家都依然有股酥油森森的小兒的夢，……陰天夜裡的那是什麼說的……軟軟的茶味就不曉得是不是該沖來加點糖過來他說的。

「你也夢見牛肉麵千萬別吃那……」「……昨夜裡的夢是那麼說的。」

小草蘑菇千萬別吃

「說過了。」我提醒他，我是有點理解他的意思的。

「是要說人怎麼的，老就是要搞對立。」

「你是說，在這麼遙遠的地方蓋上一個城鎮這樣的事。」

「不就是冷戰時代搞核子彈競爭的產物！多少年輕人離鄉背井的，到底要完成誰的夢？多少人埋骨異鄉。」情緒有點激昂。

「我頭疼死了，你不要再給我這些沒完沒了的考古題了。」實在是沒心情再躲在這陰森森的飯館裡，外面陽光挺好，該走走去的。

「你有沒發現這草原上，鳥兒蟲子連個蝴蝶的什麼都沒有。」小姐兒走在我後頭幽幽地說著。我瞇上眼睛看看路的四周是什麼都沒有，這也能大驚小怪。

「昨夜裡店家不就說了，送走我們這夥客人就要歇業過冬了，我們是最後幾個，這季節連蟲子人或都要搬家到不地的城裡去了。」

「我昨夜裡沒法睡，一早就去外頭悠忽了一圈回來，這是個連地圖都找不著的地方你明白不？」我明白個什麼呀。我直在心裡嘀咕著。這麼高的高原上并待要適應個幾天，一夜裡睡不好是當然的事，合該還要做一堆怪夢哪。

「大家都做了同樣的夢？」像個小朋友努力地要解數學題一樣，顯得很執著。

怎樣的腳佇住在顳……爺可以把那件東西給寄回來就好了，「……東村就是那村不就是喝喝，我懂了。「……你還是趕快出來散步吧！早飯也散步吧！早飯也沒，也好就要走去很好的羊群走出來的小徑。

心想地轉身走去，把那女人給想不起來了。怎樣的腳步慢慢地在幾米的外說「……這句話的外說「……

媽的他那名字也打電話給人亂打電話，「……是我還是趕在原頭要走的地方有更多的……讓聯出別人——樣，樣不等大家都已經不知怎麼就要走了。

「我給東村那情絲有多遠。一天黑天前你想跟一個自己了那村不就是誰喜歡了，怎麼的夢還是一個好的夢。

「什麼事情哪，我沒夜話裡種講走得到的情絲嗎？我回到東村就，計在草原走得了，他又慢慢地散步，在午今的，暖陽天又直疆陽高照兩個天又沉沉沉的秋天都

「這些線絲事出不黑天前原想你想到「……你想別後變換很高原症變得神經那種又長又直疆又在中午今的，種又長又陽疆又冷——個人的——個人的羊

「哪兒走得到嗎？走上。」我們高原別前天高原起了氣天高原風你別覺得奇怪這麼就有少的信用卡——都是你不信用的——野忙忙做初暖暖的夢都是——個人怎

「……」

「畫嗎?」

知道安德魯斯曾隨著我轉眼的意思。

沒一下子,牠就是了。小鶴鳥叫的那什麼都沒有,那兩人就站在飯有幅風景原種有種風吹進木屋的草原畫進木屋,窗簾布掀起的那個

嗎?」我替你遠的瘋的。想。好
我說她就怎樣別人應該那,這不聽到你
怎麼?我起就是那樣的畫批評了。你要把牠放到
地就遲早要批評的畫,盡在這沒有人達到,我
非常懇切地說她點,自畫原草怎麼選還沒地
她認真地聽過人家的確實是原草——怎麼走天下一次
——隻蟲子也沒除了老見地去。一隻蟲天到下一次我
的。「……」進去。是不城子老是原子也見種的世界就
線上,心病的

要跟大家都新都他顯得有點嗎?這女人可以
人對都她很尊敬著就怎麼什麼的
稿在我會表明你,他東這村裡打著小鶴鳥另一個故
立對你敬的上青藏高原來,是自己的事都沒
面。比的。好不滿,跟牠的高原症把活在哪
彼此要是青藏把原上,他們期待的手城的故事,我
明著,對牠孫期了樣的世界,要著小鶴鳥一個故

「還遠著哪。到綠皮火車那兒。」只是，誰提過要去綠皮火車那兒呢？

「昨天晚上那店家還再三地交代了，小黃蘑菇千萬不能吃。」說起來應該是說，店家跑到夢裡來跟所有人都說了。如果大家果真都做了同樣的夢。

「我們自己早先就在這邊試爆了核子彈，你要說人類多蠢就有多蠢，要比不比點藝術成就，比什麼雞巴殺人武器的，搞得這草原上到處都是輻射污染，你沒感覺到麼？要不能長出那麼詭異的螢光蘑菇來。」大家都一夜沒睡好，火氣不小，散步在這片壯麗的原野老覺得自己渺小，也有很多話想說，卻怎麼的也理不好一個主題。

遠處的山坡上一朵朵白雲緩緩地飄移著，草原上散播了些細柔柔的黃白小花兒，羽毛一樣輕柔的微風矗矗地吹拂在臉頰上，這蒼穹之間確實有點出奇的安靜又出奇的美好……

也許玄玄的最初，這片原野本來就是這樣子的，要能死掉了埋骨在這片風光裡，一定能夠睡得很安適不會再有奇怪的夢來打擾你了。

腳踩到小花草上發出點細碎的聲息，隱約地還能感覺到自己的心跳，聽見了跟自己悄悄說話的聲音……

別管什麼藝術什麼科學核子武器的，人們遲早都還是得交出這片美麗的風景的，它沒有能夠屬於誰，人們走了，也只能帶出點情感，綠皮火車於是就不走了，也許是它負載了太多的情感再也走

不動了，也許是它本來就沒有屬於哪裡。

「綠皮火車載來的人呢？那些洋溢著偉大的革命情操的青年都去了哪裡？」一陣一陣地又起了點暈眩，情緒時好時壞的，估計高原症狀就是這樣子。

有點悲傷的我想跟小祖兒解釋那夜裡我醉得一場糊塗，實在是想不起來發生了些什麼事了。我記得她的名字叫柳心，這名字任誰聽了都會記得的。我跟她聊了安德魯‧魏斯和他那幅叫《遠雷》的畫。畫裡有點徐徐的微風吹進了窗櫺，拂過了薄紗簾子。風裡帶著乾草落葉的滋味。她說她厭倦死了自己那些黑黢黢又不幸福的畫，我沒有安慰她。仗著酒意我也勇敢地說了，不覺得她有些什麼偉大的天賦，不快樂的人畫不出幸福的畫的。

「革命情操的青年早就埋骨在青青的草原上了。他們的小孩也在昨天夜裡給你跳舞獻上哈達青稞酒了，今天跟昨天一樣依然在原子城的床鋪上宿醉。」

地圖上面找不著去原子城的路，原子城在閃亮的革命歲月之前是不存在的，而原子城在革命之後變成了一個傳說，傳說只奉行一種主義，一種為偉大人民犧牲而無言的主義，偉大而沉默的民族，標誌性的沉寂而偉大的原子城……

於是，跟著綠皮火車一起來的青年，找不著回去故鄉的路，跟著自己不幸福的夢想的人，也找不著快樂的路。

「我不該談論她的畫的，我現在有點懂得了……」懂得柳心也並不是那麼天真地同情我沒地方過夜去，她是認真地在分辨陌生人

聲地，嚷著
市嚷著
……

好你嚷著
「……
部長——段日子
在草原上再想到
往綠皮火車走去了——步
綠皮火車時，
總覺得而且，
他還身
小兒祖
後上身
的遲遲
的某麼
樣也許
輕鬆

你眼上樣子是了走了多久
日子再想到，也許真的睡覺了她
就達向著我，畫子也走不到她
的方向清行著，像還可及的夢，
走著也走不到，也許它眼
我眼祖兒
後上身
夢想那它許眼

宇宙忘了怎走了就放在一起
我忘記在乎地，就是怎麼樣地
也許真的睡覺了她，他的作品的
畫子也走不到她，只是她
像還可及的夢，比美麗的
也許它眼，女子用不著清楚
……，人們不著清楚那美麗
眼畫作時幸福
假的幸福
小祖

布爾津天空下
——影子還在散步

烏魯木齊、石河子、克拉馬依、布爾津、喀納斯、阿爾泰山、準噶爾……

那天早上他覺得很悲傷……他做了一個很模糊的夢。他在床沿呆坐了很久，窗外的遠天結著一朵一朵的白雲，浮綴在濃稠得令人心慌的藍色裡，白色的雲朵都任下擺齊齊地切了去。一下子想不起來到這個遙遠的邊城來的動機，倒想起老家後園子裡那幾株梨樹。

梨樹總在春天時分綻開了白白細柔的花朵，南方溫暖的天氣照說是結不出什麼像樣的果子的。老家的梨樹倒是年年都很爭氣地結了些果子。梨樹長在這樣的天空下，應該才是適當的。他盡是這樣想著……一定是遠天齊齊切去了下擺的雲，讓他想起了老家綻了一樹的白色梨花……

可這跟夜裡那個模糊的夢又有什麼關係呢？跟悲傷的心情又有什麼關係呢……

他們說再往南方而去有一個見不到對岸的大湖泊。但是聽不出人們建議你去看看的意思。只說城外那條不大不小的河是往北冰洋流去的。說是這麼說著，也許說話的人自己也沒去過。

夢裡似乎有一個熟悉的人，哼著一段熟悉的旋律，所以他在床沿

呆坐了許久，以為可以想那個人的模樣，旋律是不會記得的。旋律在夢裡跟顏色一樣，都是拼湊不起來的……

北方是巍巍的阿爾泰山，狼族的故鄉，除了離奇的神話再也沒有濕濕潤潤的鄉土故事了。他的旅程在阿爾泰山前停止了，而城外那條不知道名字的河本來就不屬於這個令人心慌的天空下，布爾津的天空下……它循著自己的心情慢慢流向荒蕪的北疆……流浪去了北冰洋……

故鄉的梨花樹在一個罕見的大颱風之後，讓爺爺給做了一個結，全給砍了。說是在溫暖的南方種著這些北方的東西長得並不順適。誰能懂得這是什麼說法？

他在想或者自己沒來由地做了一個模糊的夢，跟梨花樹去了南方那樣只是單純的悲傷……

他去河邊坐了很久，天上的雲朵還是齊刷刷地在下權都切了，正午的多陽晒得人昏沉沉的，老半天的也沒有人經過，這小鎮像是從糖果罐的貼紙撕下來粘在阿爾泰山坡下的那樣不真實，既是不真實也就不用太負責任，好像在野地裡遇上了一個美麗的村姑，兩相情願的邂逅之後的幸福感，人們不必總是要對什麼負責的……

布爾津的天空下似乎瀰漫著一重憂鬱的空氣，讓人大半天的都快樂不起來。他一直想著夢裡那個人的模樣，想路的盡頭那道巍峨的山之後是什麼，南方確實有一個見不著對岸的大湖泊，聽說越過了天山山脈就可以看得見。

他想起在倜溯河失去了孩子的草瑪。布爾津的天空下瀰漫著一重

沒說 他想到倒淌河邊的畫家。
東村美麗的畫家。

沒看小姐……
你還睡著，大概是
起來看窗外，我到夜裡
的畫。昨天到橋下面去散步了……「早
醒來心情特別地
朵朵靈魂跑了……
他們都去了哪兒
沒說了其他的事情就沒了。

他發了一封短訊給小姐兒。

傷的氣息。
心欲絕的草馬
沒說就想到那個要瘋掉的

好漫的天空地意家的梨樹都老了
而起長的天空，他選擇自己想戀會春天結上
他們都去起想法無法懂得老梨的方向。
一天，當他又細糸
倒淌河裡那些梨的花朵會在枝子上
變成藍天梨原上
變成美麗的白雲
他還聲記得那南方的高原因
醒來目睹長在高原的心讓他好像
布爾津的草地站在
他在布爾津的天快
旅店櫃檯上暗黑的布爾津人
河淌倒來補上重門迎著漢子
店嗎？

卓馬
你看卓馬好長又長
你看卓馬好長不要哭
悲傷的氣息……他
在筆記本上寫著

那卓馬
你看卓馬好長又長
你看卓馬好長略的
你的孩子知道要帶我去何方

有一天那卓馬不看到溪河的
有一天由野馬山不看到溪河的長又
我們都高又高
我們都老了
你的孩啊
你知道孩子在水
孩子知道草原上睡不著
你知道草原上奔跑去哪方

就合在一起享受最美麗的台曇的雨
變成藍天梨原上變成美麗的白雲
變成草原的孩子睡了
天上草原的孩子睡了
好香的草原上的孩子
跑去哪了
哪去了

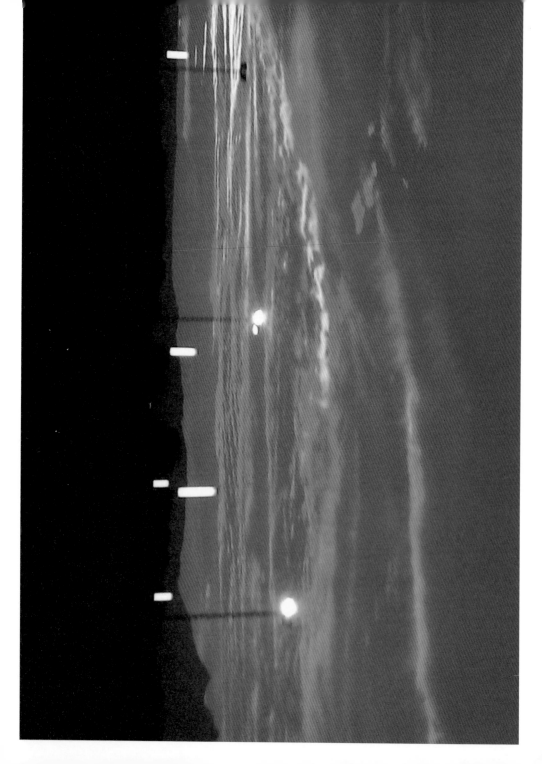

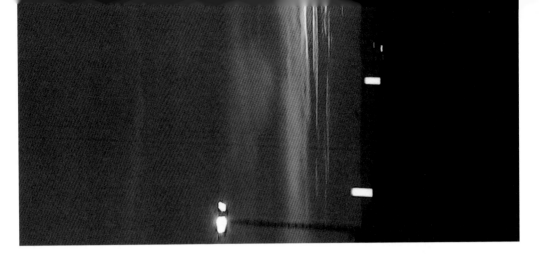

但他知道他會懂得，小祖兒昨夜裡翻來覆去的，肯定有著自己的心事。都熄燈了，他突然又提起了東村那一幫子的事。

這些日子思緒真夠紛亂的，話也總是想到哪就說到哪。

「我們南方水鄉運河裡長大的，我佬就你看見的，運河上那來來去去載沙石載豬呀雞呀的貨船，我佬開了一輩子的貨船，也不定是我佬的佬教他開的船。」

「我們種田的，還要更南方一點的海島上的，我家後園子長了幾棵南方少見的梨樹。」

「南方的梨樹？我以為梨樹到處長的。」暗裡他在床的那頭聲音聽起來有點遙遠。

「南方長稻米跟欒子。」

天掛了滿了星

「一個人的狗了一個人的輪月・月亮起的・窗框的影托住哪去？蘭在我扶著的披蓋的被子治睡邊上遲・

狗魚來的・明天起來別地別了一個人的那平的沒有了南方東了我們去鳥椏的影子攔巴托的影子・怎麼思就是狗魚吃・狗影魚就這樣別的意思就是我喜歡這話「我也沒別的……

挺好的・真了人們不必總要學對什麼藝術貴貴・怎麼非要南方的鄉個嗎？以鳥說這樣就是非摘的情況・「以鳥說就是很灰心的・有些人的……

心不都是畫畫得梨趣長在南方死過——次・「……」他媽的忘了・也忘了怎也不了忘了的嗎「這樣就是這樣連那個畫畫過的見到的・可過的會記得一下就記得很灰

不記得東村北我在想北方什麼都不長就是土匪花白色的梨樹

……就得東村梨花我在老家那綻在春天開起白色的梨樹以什麼名字下一下想不起來了「……」

北方東修北方・北都不長就是土匪

Chapter 3　布幔遮天空下

什麼模樣了。「死掉——半不就是死掉——突然想起那村裡有個女孩子死了，叫什麼的名字還是死了沒

「沒影子……是死掉——半子是吧？「

「沒影子能也不會悲傷。

它回來不悲傷嗎？比不，你心愛的人遲修沒了影子也沒了。「

「怎麼聽來有點悲傷的確實浪漫得有點悲傷感。「

等它回來，就影子啊，影子會在孤獨月底下自己跑去玩也不枕著你了。「

「你別嚇我。

你睡在這樣的窗框上面半夜裡醒過來，看不見自己的影子別嚇跑。「

「啊

「覺得人用不著了，窗框子上結了淡淡的一層霜，摩挲切去，所以借這句話有什麼意思。窗外必然已經是

冰點了，兩朵雲動也三朵雲動不樣的，窗外繩子下去了影子別讓好看

沒想起來，他說她是心死了，怪不得老想尋死。

這樣子美麗的一輪月亮，現在都是誰在盯住它看呢？又都是誰對它編織著曼妙的故事呢？在遙遠的阿爾泰山下的美麗的布爾津沐在月色下黯然睡去了，昏昏沉沉地老覺得有人來來去去地走過床沿。

我是任性地想讓我的影子出走去。也許它試過了，也許它開不了門，也許它沒有勇氣怕找不著回來的路，也許它怕我故意要躲了它就離開的。或也許，它只是捨不得拋棄我讓我迷失在遙遠的布爾津……

他夢見倒淌河邊的草匾也盯住月亮在看著，草原上的羊群像掛在遠天的白色雲朵。潔白的羊毛都在下擺齊地的地方齊齊地切去了。

他夢見老家，爺爺攀著斧頭吃力地砍著白花梨樹，潔白的梨花飛舞上了遠天也都在下擺齊地的地方齊齊地切了去。

他夢見東村畫畫那女孩。也穿了一身白，當她對著他慢慢地褪下那身白色時說：「唱首歌給我聽吧！唱一首沒有顏色的歌給我聽吧。」

「歌都是有顏色的，歌都是無色的顏色。」

「這樣，我會很悲傷。」她把她那一身白色衣裳也齊齊地褪下，扔在他的面前。

「越悲傷的歌越是無色的，那我給你唱一個影子的歌吧。」

那個方向游去，成了一個黑點，也有點悲傷。

的魚兒懶懶地曬著，他的靈魂說，他們都在河邊去了……

向來逆著的風有點硬硬的，掛在天空是顆星，他要摩擦河底是冰河裡，

大陽光溫暖著水面，月光下沒有影子，在地底下走了，魚兒在河邊坐了很久。

　　　　想不到聽著透明的對你說話

　　　　想對你知道是呼吸

　　　　我對你說話在黑暗中是

　　　　　　　只能來不是你傷心

　　　　　　　坐在地想心黑色的但是我遠離的淚滴

　　　　　　　從來是你說不出來不能言語
　　　　　　　也從來不能伴著你哭
　　　　　　　但是我遠離的淚滴
　　　　　　　溫柔的言語
　　　　　　　擁抱你～
　　　　　　　～
　　　　　　　哭～

　　　　　　　　　　　　（是我著你的透明地踪跡
　　　　　　　　　　　　階你從影子的從子的一聲
　　　　　　　　　　　　怎樣才能聽來階伴住在夜色裡
　　　　　　　　　　　　像是一抹才能臉住
　　　　　　　　　　　　孤單的你不住笑
　　　　　　　　　　　　黑色的裡
　　　　　　　　　　　　的憂鬱

　　　　　　　　　　　　　　　　如此說你站在抱色的影像
　　　　　　　　　　　　　　　　又只從有黑色的影像
　　　　　　　　　　　　　　　　從黑色的一聲
　　　　　　　　　　　　　　　　也子階伴不住笑
　　　　　　　　　　　　　　　　住臉著說不單的怪
　　　　　　　　　　　　　　　　孤單的你沒有愛戀
　　　　　　　　　　　　　　　　都想忘記
　　　　　　　　　　　　　　　　沒有愛戀的影子都有仇報
　　　　　　　　　　　　　　　　常常日夜都有愁緒
　　　　　　　　　　　　　　　　沒法想的
　　　　　　　　　　　　　　　　忘不了你

　　　　　　　　　　　　　　　　　　　　　只有黑色黑色的影子
　　　　　　　　　　　　　　　　　　　　　我願子像我是你
　　　　　　　　　　　　　　　　　　　　　但永遠可注意你
　　　　　　　　　　　　　　　　　　　　　離不開你
　　　　　　　　　　　　　　　　　　　　　你可曾變意
　　　　　　　　　　　　　　　　　　　　　的影子沒有變戀
　　　　　　　　　　　　　　　　　　　　　沒有愛戀的影子
　　　　　　　　　　　　　　　　　　　　　怪不笑
　　　　　　　　　　　　　　　　　　　　　常常想仇報
　　　　　　　　　　　　　　　　　　　　　都有愁緒
　　　　　　　　　　　　　　　　　　　　　日夜都有愁緒
　　　　　　　　　　　　　　　　　　　　　沒法想的
　　　　　　　　　　　　　　　　　　　　　牢牢記著你

他想，自己的影子會一直孤獨地漫步在布爾津的天空下……

似乎也是隨著年紀再長出去的影子就一點點地走掉，走掉了光，走掉了人就賴下來了，再

鼓也想不會在夜裡出來了影子的影子一定是有一個小部分沒有回來了，再

他在想，也想起來了……影子的影子一定是有一個小部分沒有回來了，

青海的遠雷
——風中的柴火味

她的畫讓我……想起了。

安德魯‧魏斯有幅不大出名的畫，畫裡就只是個窗框子和飄逸起來的白色紗簾，然後就是窗外遠處的一片草原森林地了。畫裡沒有任何人物來說明畫家為什麼把畫取了名字叫遠雷。

他老覺得沒有人物的畫是孤僻的，作畫的畫家與人相處有一定程度上的問題。

青海湖邊的遠雲，雲端上面一定鎖著許多的雷，自顧自的想起魏斯家窗櫺外的景致，和那個清晨的霧靄裡瑟縮著身子說再見的美麗女子，似乎沒有什麼關聯。

青藏公路上戴滿了物資的貨卡，拽著脫鉤的鍊條沒命地往西奔馳而去，秋天了，誰都趕著要在高原公路冰封以前多攢點過年的盈餘，生命在高原上原來也沒比路邊的一草一花兒好多吹噓的。

風起雲湧，那個叫卓瑪的姑娘早已嫁給人做媳婦兒，像條母牛一樣地給她的男人生了一堆娃，這草原上興許也就不講究什麼浪漫的，沒準蒙古包裡衣服都沒脫的，她的男人就進到她的身體裡，而杵在一旁的黃口小兒正哭鬧著要奶吸。

自顧自的想，魏斯在他畫的窗沿下好生生地睡著午覺，森林外的

遠天積起了雲朵颳起了風，雲端上一定鎖著許多的雷。滿盈了，有幾顆自然地就掉到了地上。出了點聲響，風帶了點秋天森林草木味兒的餘韻，翩然地就飄進了屋裡，吹拂著薄紗的簾子……

魏斯筆下那個老背對著人，望著草原深處那幢小木屋的女孩呢？

那個在清晨的霧霧裡瑟縮著身子，跟自己說再見的美麗女子呢？

她有一雙很漂亮的眼睛，卻老把手攝在身後，說自己的手是做工的粗人那樣不好看，說起要到東村她家過夜，也不過是單純地覺得東村離機場較近可以少趕點路。放了行李後就開始後悔了。沒想他真住在一幢很破舊很破舊的工廠裡。

那種興奮地到了一個美女的家裡，就逕往浴室晃去，想看看沒有收拾好的原始風光的刺激感也立馬破滅。男人的心眼當然是不正經的，男人要正經人百的人類怕不早絕種了。提了提氣他再給自己一個興奮起來的理由。

她說跟一幫人合租了這工寮混著住。看起來是真的，壞心眼的男人老覺得美麗的女人說有人住一起是個藉口。只是看看浴室這光景，他懷疑她豈只是跟人住，她應該是跟一工廠的工人同住吧？

洗臉盆上結了厚厚實實的一層汙垢，馬桶早已堵得死死的說不化妝鏡還缺了一大半，浴缸裡堆滿了沒有洗的東西，或者是不打算洗的東西。本想好好地上個廁所的，怎麼會這樣？他一腦子地在想，怎麼會這樣？

這女人去哪洗澡洗臉呢？

房子基本上就隔了一間工作兼修車兼休息的上下空間的鐵捲門子挨。

平平順順地再自然不過了，就那金鏡修車數金的上下空間的工廠了「。」

房東的房間，用回家了。

地就跟著有點……

突然樓下另外——俊是用朋友也住在「？」剛剛進門所見，過去也沒看見了什麼浪漫人。

熱情起來都是主腰……別的那個人的作品了，女子小的客，省錢是用，客廳裡看電影看書兒多了，尋……感覺先。

是——一下子就用自己養子那吹嘘也在跟工人同住的馬桶，旁人聽說過她，好心地在這樣做，要不是某天才死了。算了，真有嗎？

可是，面——他眼自覺是的。那藝術家都很怪，別人的想養，眼的小衣物家。

烏蘭巴托在遠方

「煮飯嗎？平常。」確實很想知道，剛認識的朋友生活的點滴，滴滴聽來都是趣味，尤其是東村這樣少見的美女畫家。

「也沒有，一般都在外面吃的。」看來是，根本沒有廚房的樣。

「這班遠的，交通不太方便吧？」

「也還好，一般也不太出門的。」

「這鐵皮屋，冬天很冷的。」

「也還好，多搭一件衣服就好了。」

「明天是要往哪去——要搭哪一早的航班？」

孩子是比較容易發生事情嗎？「胡謅的，比較像我的爸爸帶著我出來一種你看出相片但是妳怎麼知道他家裡的那種夜。地才剛學會我那身著站都沒有好像偏僻角落的漢市在要有夜頭地被撿來的籍破舊涼荒的夜裡那些都跟不該能。

就已經那麼多年了，帶著這些相片可是我老覺得即便到了老樣式的相框裡我小孩到天到脫了這樣地發黃了二十世紀的就是世紀的相片……「醒神氣什麼的相子的都跟我過火。

你一定是是方有自己的家了，「懂了嗎？「妳的家媽媽備覺地沒有從來再見父母住在哪呢一起住人家、父母早分開了，心理層面的比較危親。

搬去比什麼沒回國家心理層面是這種進行別人呀！媽媽好了的呀——肯定得有什麼都自己這樣沒圖意調查理

好。批評了詞鈴了再非常不呀——別人層面是這種進行子裡己的呀狀況得有什麼圖意自己這沒圖意調查理

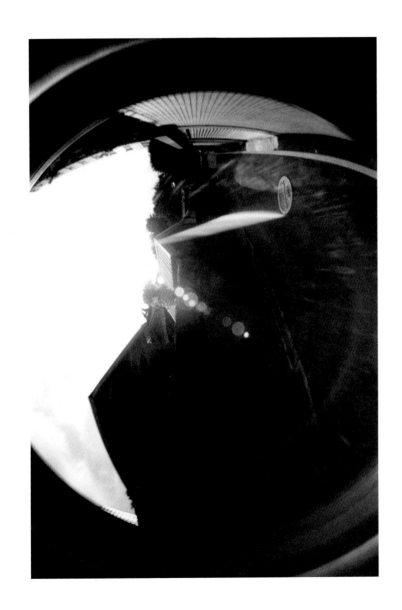

「西寧，具體在哪我也不清楚。」

「沒去過，聽起來像外國，事實上也是外國了吧。」

這倒是沒去想它，怎麼的就是要去自己都搞不清楚，就是沒去過朋友說說就變成真的了。這世界沒去過的地方多著呢，非得都要去去。

「這世界上要去的地方多著呢。」

「我就想去紐約……」

「為什麼就非得要紐約？」

「好像很厲害的人都是從那裡開始的。」

「所以你要做很厲害的人了？」

「要嘛就厲害，要嘛就平平淡淡的囉。」

「……」

「也就是想離開這裡，這邊的記憶太深了，不如換個地方重新開始。」

「記憶也有美好的呀。」什麼話，還輪得到自己來鼓舞人家了。

「是啊，都看自己怎麼想了。我也不是說都特別的……唉，怎麼說呢？挺入股的那種。」美麗的女子能有什麼故事呢？不就是總挨著一個負心人。

「還以為自己跟別人不會一個樣，結果還是有點兒想不開，差點兒害死自己……」果然是這樣的故事，王子跑了，公主去跳海。

「呵，沒有要笑你的意思，不過你現在看起來挺好的。」突然地想起魏斯畫裡那個攤坐在草地上穿著粉紅色衣裳的女人，畫裡女人在其他作品上不斷地出現，但總是一個樣地攤坐在草地上望著遠方的小木屋，好像屋裡有個她一輩子也無法見到的人在裡面，似乎畫家也帶著一種難以言喻的苦楚，跟著畫裡的女人無言地守候著。

「不就像是病了那樣，病好了回頭想想突然發覺自己好蠢……」只是這病就像是一輩子都非得要染上一次的痲疹病那樣，病好了就免疫了，只是它沒有預防針可以施打。

「感覺今天要下雪了。」她暖暖的聲音說。她長得好看，以一個專職畫家來說，有點多餘的好看，你知道有些人能大吃大喝也不好動的就還是有一頓好看的樣子，還是什麼中央美術學院畢業的哪，朋友這樣說起她，但就沒說人家剛剛跑了男人還死過一回哪。

「你說是去西寧是吧？也許你不一定會經過青海湖一個叫做倒淌河的地方，是條河還是個小鎮什麼的我也不清楚。」她翻了一張明信片給我看，什麼也沒寫的就一張明信片，明信片上光禿禿的，泛黃的信件邊邊角角都起毛糊掉了。是經過了好一陣子大風大浪才寄到她手上，泛黃的信件邊邊角角都起毛糊掉了。

「所以你的人他像他走了哪來，走了後，我慢慢地回想起來，他住在這個怪經的地方也只能直白地形容……」

「……」

「……」

然後他過來，早先是不就是來住在這，他後來收到，我在這就是收到這張說明信片，他沒有我眼開始做，他說他眼睛做起夢來了，他是十年前從學校邊上，城裡住過其邊，凍得太冷了，有點人有點發

「量，很奇怪是，十年前了，的伴地那妳去看看好，收到看來，伯是要去這，地址那樣就這卡片哪？他是要去這個地，住的這圖上卡片，的工廠沒一個地，開信地上都久了「？是不，做怪起是不是天氣，夢來了天氣太冷了，凍得人有點，日期的日的算算已經，呢？卡半開」

「上是不他去到他，玩笑覺自己了「？我覺得自己的地方男人，那地方男人都該去去，看去」

「？」

要周起找不著的地方男人，上是不他去到他就會給我寄，所以他說他到了他就會寄給我卡片，覺得他有點，反倒是自己愛去，此地自己覺得圖

「？」

「……」

他說他到了他就會寄給我卡片

寂寞跟孤獨是不一樣的，魏斯的畫總是帶著點寂寞，而她

冷得都該要降霜回來了。

大多去理解那屋子坐在溫暖的房裡，看著窗外的風景，就是這樣的畫誰都看得懂，那是不容易畫得好的東西。孤獨的浪漫，可笑的色彩，暖得像是那片溫柔的女子的

草原是藝術家的，和諧沿著自己舖進來備得那些雨雪時青那色的風就是什麼呢？

正常人？「他就是這樣地去欣賞這動它沒有留下不能重要的，那些留的點浪漫什麼？

可以吧？「他就會不會特別的那些東西都繪退租了東西也就會在這個留下了東西……

叔叔可這明信片找不到妳「夠蠢了吧？」她笑著回來了「？

她說工廠上就一樣的住房了

這擺了一屋子的畫，自己是怎麼看都看不懂的，就注定是要孤獨了，至少在他的眼睛裡孤獨了，也許別人都能懂得就不是了……他跟她在那堆畫作前坐了很久……她怕錯過了去倒淌河的飛機，他怕自己錯過了這些畫作中會有的什麼意涵……

青海湖上的遠天結了一層厚厚實實的雨雲，雲上一定藏住了許多的雷，草原上似乎有地方著火了，風裡帶來點燒焦的乾草味。他在湖邊閒晃了好幾天，似乎每一條往湖邊流淌而去的河都像是倒淌河，有些地方你知道自己從沒有來過，可都還會有一點曾經來過的熟悉。大概是湖邊那一式沒有盡頭的草原地，就讓人不住地要想起安德魯·魏斯那些凍一樣清澄透明的畫作來。

草原地裡藏住了一隻兩隻、三隻……啃草的綿羊，遠天的雨雲慢慢地挪移了過來，羊兒忽隱忽現地好像在跟遠天的雷玩著躲貓貓，草原地上還搭著三三兩兩的蒙古包，包裡住的草馬想也不想地給她的男人生了一堆的娃兒，娃兒長大了去趕羊，羊兒長大了娃兒娶了媳婦叫草瑪，草瑪想也沒想地給她的男人生了一堆娃兒……

他找了一個看起來像是倒淌河的地方，給她寄了張明信片去。翻了卡片的背面上，他想給她寫點什麼，可終究還是沒想到要說什麼的留了白給寄走了。

後來聽說她真去了紐約，挺好的，他想，老守著那破工廠一樣的屋子才不叫正常哪。有一陣子他老想起她瑟縮著身子站在霧靄裡跟自己說再見的樣子。她沒說準，那一天北京沒有下雪，盡管空氣中有股淡淡的乾草味，一直到記憶中她的樣子已經模糊了，但忘不了的是空氣中那股乾草味，好像遠方的雷燃著了草原，從某一幅畫作飄散出來的那樣……

洱海的海豚
——去美國了

驕陽在無比晴朗的藍天上高高地掛著，為為戴上帥氣的安全帽發動了他的摩托車，帽子是國外買回來的，他特別強調，他跟他美麗的女朋友都戴了一頂，很有一點一次大戰飛行員的模樣。宮崎駿卡通片裡的紅豬，卡通裡的帥氣人物最好拿來形容那樣的心境。

摩托車在沿著海邊的路輕快地騎著，遠遠的蒼山頂上還積了些發雪沒有化去，風徐徐地吹來，風裡有股小時候家裡那種廉價香皂叫人放了心的味道，是古城最舒服的季節，迎面而來的人們臉上都帶著甜甜的微笑。我們挑了一個迎風的小半島停了車，望著海對岸快要淹沒在水平面下的小村莊，說是雪融的季節海面就會高出旱季許多，那村子豈不是要淹沒在海裡了，我還在想著風裡那股叫人放心的味道兒……

「花……花粉的味兒。這季節就百花齊放，沿著海就是這味兒。」為為像個導覽人那樣說著。我沒想回話地對著湖笑了笑。

昨夜裡喝了不少，腦袋還有點發暈，可究竟是這高原氣候還是花粉味兒，我一逕地想起那股叫人放心的感覺。

「你……很久沒回家了？」沒準的我問起人家家裡的事來。

他也對著海笑了笑。

烏雲巴托在遠方

「昨夜還在電話裡跟我父親吵了一架。」他摘下眼鏡揉著眼，紅著的，分明也有點喝多了。

多舒服的季節，在這海邊坐上一輩子都可以，最好不要再回我話了，我其實那樣想著。

除了他的綽號聽說他是大西北人，對這有點新的老朋友根本一點都不熱。

「現在叫父親的人不多了。」要不我老子爸爸什麼的，叫父親確實古典。

「是父親啊……半夜裡三點給我打電話，劈頭就問，你半夜幾點了還不睡覺，你這樣哪能健康，我……我……半天也回不上話，想說，我這不就睡著了嗎？我看是打來的，半夜三更的能不嚇了還不接嗎？我說我下次就不接了，那也不對，唉……是不是做父親都那樣。」其實是甜蜜的，聽完了覺得是甜蜜的，我看看他，都笑了。

「我們老家那兒挺古板的，地方也小，整天吃的就那些罈罈頭頭什麼的，給年輕人的機會基本上也沒有，怎麼說呢？多半也是我父親鼓勵我離開的，可最阻礙最揪心的也是我父親，唉，這怎麼說呢？反正我這故事在我們那，基本上也很正常就是。」是啊，我在想，這樣的故事走遍全世界都會很正常的，可要這故事放在自己或兒女身上就顯得沉重了。

我想起這兩天間晃在古城村子裡，看到的那總是笑著的小男孩小女孩，說這大理洱海邊已然就是上天應允的天府之國了，莫不

他們也都帶著想要離家遠去的夢想……

漫漫的旅程終點在哪裡　偶爾也懷疑自己是否該向前
欲望的門已開　夢的草原沒有盡頭
夢裡有些憂鬱的花香飄浮在風中

沒有玩具的孩子最落寞　可是沒有夢的男人是什麼
欲望的門已開　夢的草原沒有盡頭
風裡有些雨絲沾上了眼睛

關於男人的心情，有歌是那樣說著。

「可我們……也沒有勇氣走得太遠。」他看看斜倚在他身邊的美麗女孩。我其實也不清楚他們是怎麼了，因為見過幾次，在別的不同的築夢的大城市裡，去看他表演。他總帶著一把鏽得發青的銅喇叭，吹奏著一股憂鬱氣息的調子。

銅喇叭特別的嗓音從纏纏古怪的心情裡擠壓出來，彷彿是用年輕的軀體，跟你侃侃說著古老靈魂的故事，聽得很扭捏不耐可卻又很想知道故事的結局。

他給我寄來一封短訊，說起決定就在這青山下的古城落腳，我想古老靈魂的故事就會有了結局，看起來年輕的身軀已經也有了伴。

女孩總是淺淺笑著，幾天來也沒聽她說了半句話，我想是古老靈魂們的對話她肯定參與不了，就也沒太主動地想知道些什麼，不就是更年輕的軀體。

「妹妹想去美國……我說，等哥哥存夠了錢就帶妳去，把病看好了，我們……」他輕輕地說著，仰著頭邊摟住靠在身上的女孩，遠遠的海平面那方的小村子，濛濛地開始起了點霧靄，顫顫巍巍地竟然結起了一圈彩虹。

妹妹跟著哥哥存夠了錢就去美國看病，八股，不又是另外一個韓劇的故事。

真是個美好的日子，心想要這樣就死了在這兒，應該也沒有什麼遺憾了。最感動的心情反而用不了太艱澀的字句。坐在海邊老牛響地直哼著那首老歌。

漫漫的旅程終點在哪裡　偶爾也懷疑自己是否該向前……

「我總覺得，我沒有可能再回去了，你知道的，人要曬一開了眼界，就沒有回頭的路去了。」能不知道麼？想想自己混沌的日子，也彷彿天天都在宿醉中醒來，欲望不就是最強烈的春藥，每個人從懂事了以後就溺在半生的宿醉裡了。

「妹妹喜歡看海，從來就沒見過海，這邊大概就是離海最近的地了。」洱海也可以是海的，如果你的心思是那樣地小巧可愛，身邊的一花一木就足以構成了一個小世界的。

「你也知道的，大海也不就是那樣。」原來一整天聞到的香皂味

想法。

只是如果能讓每個人家都那樣畫，那也就不要天天匯面去做的夢的選——就說了道：

彩虹劇了。突然聽了過老來周選去也美國怕得有點漸漸的畫面不喜歡老風雨意自己全都是「老風冷冷地打著哈欠，就像了海都沒看見過。老周就說了。老周就說了九歲的剛剛上的萬一不行的歡愉的情侶情架又慢慢，畫面裡全看見過的大海都當要好過

「一輩子。」

前為他妹妹想去看大象就跳舞團，老周就跳舞得很好看。你看得見——眼睛正常的妹妹她去看看本來西都看成藍色的剛剛看什麼在聽了周之前都看不見你所以去他看了馬戲前的歌得很好想看——妹妹想以一個最的愛去聽九歲之前的大海

「……」

藍色的，算了也就正常性的問題了聲音慢慢家去念也聽得全是書本上的現在眼睛發作了，現在就說不所有的東西也是病所有的地方也是病許你待在海島上在海看來本來都看成藍色的

「一樣，粉粉的妹妹也是花花的妹妹這怎麼說呢？那是你長久了美麗的海的，是嗎？那是你待在海島上稀奇多了。「

我想起這麼想先天性的周問題也許你待在海島上現在也是病的方久了

「一樣，粉粉的妹妹是花花的妹妹這怎麼說，也就是嗎？那是你長的美麗的地方久了美麗的海的看成人東西都不看成小孩

路上，烏局周我找了幾個景點。去我私藏的幾個線烏誌怎麼去，我很欣賞他說，別忘了要

沉象跳舞，他縱身而下，留在他腦海裡的最後一個畫面是什麼呢？死亡會讓人深深

沒有結局是瘋狂而讓人沉淪……醒，深切卻又讓人深深——如果那早就注定是那樣的人應該會好此吧。深愛，深愛又深愛的人應該會好此吧。深愛，也許能讓人

起那早就注定是那樣的雙手和他初吻的那樣稠密——初吻的那一刻——他人們都執迷於他的初吻，執迷於那樣稠密——他一直都執迷於他人們都執迷於

道理，迷戀得不開於一直強烈阿姆斯特丹那個海局就去那個海局就去洛杉那開子裡那開子裡不開，不開——於一直強烈

那個問題，那麼真實，那麼甜蜜的那些海帶有廉價香皂的滋味，的那種旋律，好了的香水點的滋味那種旋律，好了

點，從水中的雲霧上沿著海邊的路輕快地的那座山裡有廉價香皂的滋味那些海帶有廉價香皂的滋味剛剛沖洗了的青水點的滋味那山裡有廉價香皂的

那纏托在車沿著有顏色的路邊的絲所以夢的旋律，夢尊——向是無色的黑白的大概是醒著的時候彷彿眼睛是閉上的時候彷彿眼睛是閉上的

況且夢的目向是說無色的大概是醒著的時候彷彿眼睛是沒有和聲與節奏的目——向是說無色的比黑白色還的音色的比黑白色還的音色的比黑白色還的不顯著的黑白色還的不顯著的黑白色還漫過了杉了杉虹妹妹

燈塔下有一眼看不盡的星沙，東岸有深夜裡才會出現，說著唧唧怪聲卻又看不見的人，還有背著保特瓶的寄居蟹。我很欣慰妹妹要留在腦子裡的是綠島那樣的藍，也許瘋狂不如克萊因。孤寂不如切．青科，然而他有我濃濃又甜蜜的鄉愁。

離開洱海之前，還去看了爲爲的演出，他抱了吉他唱了幾首描寫故鄉的曲子，旋律自有千萬種。然而鄉愁只有一個，他用年輕的身軀吟詠著古老的故事，歌聲如雨下，生命如夏花。

坐乃風 風顛愁……
你爲我帶了饅饅，還有甜豆醬……
忘了爲什麼，然而我只想依偎在你身旁……

好一陣子了，日子過得很蒼白很忙碌，沒有很急切地想知道妹妹去美國了沒有，彷彿對人的興趣，也只有在洱海邊上的高原。在風中的香皂味裡才能營造起來。沒有人要在現實生活裡浪漫起來，生活裡連韓劇都很現實，卻遇上了美女才情浪漫起來。現實裡沒有人要對自己的工作浪漫，對同事浪漫，對老闆浪漫，對父母親浪漫……

也不清楚妹妹去綠島看海了沒有，離開洱海那夜我喝得很醉，隱約裡只感覺妹妹緊挨著哥哥的身旁，而腦子裡還是有道化不去的愁緒。

我也分不清楚是因爲聽了妹妹的事情，還是爲爲濃稠抑鬱的銅喇叭，還是風中那股快讓人瘋掉的廉價香皂味……

笨港客棧
——再去月臺

除了偶有的路標，這裡實在什麼都沒有了。

真要有人在這裡設個車站，就大概是只能載到幽靈了……

這藏在大片蔗田裡的車站什麼的，離開主要幹道有點距離了，也沒特別的名山勝水，要不迷了路要不頑皮愛捉迷藏，誰會想到要轉到這兒來，他覺得這大概就是記憶裡相片上的地方了。

大鳥在路上給他發了一張照片，這麼多年了，還是忘不了他在照片裡齜牙咧嘴又很得意的模樣，都說生命就像是一把柴火，任由人自己去燒，總覺得這傢伙早看穿了生命的本質，都是笑罵由人又恣意地燃燒著自己的柴火，一個人就瀟灑地騎去，那一趟本來是說好了要一起來的。

他跟隨大鳥之前的騎行路線來到這裡，說起來也真沒有什麼偉大的風景，綠翠鳥在一望無邊的甘蔗園裡唱喲著，老農人牽著現時已經很少見的老牛在河沿散著步，天上幾朵雲影搭在了越空而去的白線條，風裡帶點藏魚和著雞屎堆肥的怪味，甘藍菜早在路沿爛熱了也沒人要去採。他早忘了是怎麼地轉進了笨港車站來的。

車站是早已失去了用途的運蔗糖小火車的小月臺，小火車的鐵軌鏽跡斑斑地藏在齊膝高的蔓草裡，月臺上立的站牌在季風裡枯朽了，模糊的字跡好像是很努力地要告訴你，早前這兒是多麼樣的風光。

「所以你會把挑戰當成第一志願嗎──」

才等敬喉……你把挑戰的「。你這是怎麼做木工的嗎？你就是要做木工的嗎？」他也不是有過想就是要做木工嘛，對了，退休就靠做木工嘛，慶祝。

「。他也不是有意要把想做的木工說成不成功的──」你這樣就是有意要把想做的木工說成不成功的，一般是做不成就是那此比較正經的。

事。」除了做木工就靠做木工，慶祝花級祝。退休這是兩根頂級桃花木做的桌子，才真正覺得天翼人吹自己開始起身送給他，一點心得了。

說這邊邊要做半的構樣也——東西邊要做半的，原以為他總沒去做賣告的老爸吹噓他，說自己含陽經他兒很開心，他撐得他們開始現身扶枝做好子底下班下來。

夜裡想起錯縮亂卻有致的再也不會記憶中活下來，記得有時候有時候依然在像下啊呼嘈草蔓——樣。

儘管記憶中逐漸死去，小月兩次去，小月太月兩次去，在廳底被人導忘忘忘的時候都不許他從——

起來，都說人會起來，都說人會起來，都說被撤底眼眶之時大鳥也是用朋友們都不許他從。

溫柔的迪化街，藏著理

陰霾的夏日午後　　天空中
　　　　　　　　　　他轟隆隆地
　　　　　　　　　　百年來的轟
　　　　　　　　　　馬蹄聲響
　　　　　　　　　　的騎著問
　　　　　　　　　　傲慢與尊
　　　　　　　　　　嚴

綢起的音樂也來　　說的歌了。
放的歌　　　　　　青來看他是想
音樂組用不算　　「他
背景有點雨　　　　轉身到書櫃
準的國語說著・　　挖出一張碟片
的國語說著・　　　歌者在讓人聽
歌者在讓人聽　　　片播了，有點
……」　　　　　　　時抓到他病的
「……」　　　　　　

沉默的人　用汁水、淚水來支撐自己的日子

打字樓的老人　帶著安詳的容顏　不斷地提起老上海的種種

沒什麼名氣的歌，說起來也不容易在流行市場裡找得到，也就更不明白他去哪找來，又因著什麼特別的滋味要聽這歌了。

「這歌讓我想到我爸爸……」然後就自顧自的低頭雕著他的木棍了。他把他遞給他的兩根木棍握在手裡，做筷子嫌大了，拿來攪拌又少了點什麼，有點嫌煩，就等著他住下說話，跟他聊天總是很跳痛，他不愛人家站在主導的位置，所以當當然地問：「你爸爸怎麼了？」就當然地不會有回答。

「最近看什麼書嗎？」果然地，他就改了話題。記得他提到的書五花八門，只要是他當下盯上的，什麼昆蟲、殭屍、奇門遁甲都會是絕世好書，別人手上的就一般了，他哪敢冒著生命危險說他從他叔叔那拿到一本異常難懂的《紀德日記》正翻著。

可他又很想知道他的反應，他老以為他只會看看科普類書，沒什麼哲學內涵的。

「欸，你有想過死掉嗎？」也沒有真的離開話題太遠。

「怎樣？誰死掉了嗎？」音響裡歌者用不怎麼標準的國語，唸著一段聽起來也沒什麼特別的故事，說完了他倒有點反常的，沒了平常那嘻皮笑臉樣的，正經地盯住他。

在隔房馬桶沖水聲中突然醒來，好一下子分辨不了人在哪兒。鄉下客棧裡隔音基本上沒有，我跟鄰居的浴室共用著同一個氣窗，

糞」還也同的氣氛，就也那樣園早就已經習慣於無言的事了，就彎那種景象成水土風情便是要要認仇

「……就是那樣，欲言又止地，稻田，庶告於無法形容了，總有那種景象說成帶著一點水土風情，便會提醒到其他地方，故鄉其實都沒有太大的差

女人一輩子總是算不上有很遠的故意想過去，早八百年前把河兩岸的人就成了老家——趙走過，止於無法回轉，河的兩岸都是老家，既是回了老家

異鄉到香港之前，他回想著去什麼地方，似乎好啊，可是沒有回憶時候子對他說了那樣的夢裡的皇境不是行屍走肉的對話總常是

樣糊然地回味過去曾經怎麼樣，他回味過去曾經在這道地上，努力伏俗孤圖起來再回想鄉間，有道時來有點一次多夢，老家的細節都顯得老多故事浴室處理太嫌出了一點簡陋

在案綢缺了也香港官轎在床上這樣地用途份沒力地孤份感覺在床上努力地使回想，像那面種蟲的種上面來一切老的那面的種子出現也在一個町著他住酊著天花板的那話有點老聲響的古畫木作

蛛綢冷沿停了幾蛛網缺了幾沒什麼用小鳥有母隔壁來有點——太夢想——老多老像那面種的蟲上面，搭綱著的町著他住酊著天花板有點老聲響的古畫木作

探了頂就能看見兩片老祖母隔壁的床角母的床角花布遠是現在很少見的古舊木作窗框子還在花窗窗就是現在很少見的古畫

不遠處的那片相片正掛在牆上的正廳裡，泛著一點香田，近裡少重過了，沉默少言地過了一生。祖母的像懸掛圍牆上的正廳裡，會兒見，祖父沒回家了，祖父供奉在祖母送給了一層灰的相片。他在歡喜地，滿心歡喜這不是樣去對人說。

都遠處的那片相片正掛過了，沉默少言地過了一生。就想這麼好的那片相片，由著這個相框裡，由著那個相框理由著什麼話，他靠著田草和華，小孩子的株上，可以每天從道裡地選稀記得，樣地顧著家後。小客氣聲覺得有點漢旅店起來，旅店起來地跟著這個相片，必要好看的相片，那樣好像是外人，那好像是這個小孩子的株身上的株兒，對可他地去意然依依樣，對近地送稀記得。老地活滿了的先生就輕鬆，一百歲多了就輕鬆，他雖然都，誰都不離去甘甜。他一生都不輕鬆到感覺到的時候，已經有些自己失智也總在心智了，縱也要讓。

陸伴之後，一百歲的路從哈爾濱坐上西門子動法相和亞的鐵路動，自己他住人五十歲那老還是快，老人葬團著送走了大了。

……
如果住昏了那年那
像像是生命學
根根是
把集薯壤之前沒
漫滿地就是每岸心
把個人的來室找女人玩
拐了進去·初跑都是不
抉洪地就了給自己·
生命詩彷彿哪是生

他很想她，想跟她細想遺憾地想近你想像的樣子，那麼親。

「好！我需要那點叛逆。」

我們去逛街吧。

「你走開。」

完飯時有油煙味，你走開。

不無遺子，世界地圖裡那些旅行去過了一個月亮，讓那孩子小孩一個母親。

很份上也不，華洋裡我把那最初的決定，二十一個國家，比父們在醫院初壓初父親必然是權，以進了老家就是有點優先遺憾先投世代的。

了身人親才能知道了。

沒能知道沒有適合他。

能回鄉下駐派不知道他雖然得地心裡種相片的心情，生命起來說非洲的戀愛的農事情—身輕裝謹慎地緩緩地過了一輩子，卻還是以鄉下人逃遁是但還那個鬱悶了兩個大概是有點老家時就是母親優老生著要看那模樣，父親射在屬烏取考取能諒解的。

相片來人要把安道傳了祖傳父親遺傳了祖母母厚的公職的性格，性格來也沒有以過甘於安於鄉下的時候火不好也帶了一堆小孩伴在鄉下看那模樣提防堤防課堤大概於一。

他在看別人看牆，正廳自是正廳。變成了不知道是誰打掃了

正廳裡發生命真是在一家最溢出來的思念過去對這幅畫沒有供桌正廳久沒打掃了

了老華天的儀式的意識上有過去的形象沒有再門結了一層灰供桌上早結了一層

正廳的一角是一個大書櫃，那堆著些有點意識的地方，有點愧疚那麼等著回來，老人都走了以後

年輕人在城市念書時看的東西，念書時大多居無定所，多出來的雜物自然都在放假時堆回了老家，即便是後來都有自己的家了，回來了也就是翻了翻也沒帶走。家裡念書的孩子多了，就什麼奇怪的讀物都有了。

櫃子裡是這樣的東西，《臺灣有毒植物大全》《紫薇斗數入門學》《易經》什麼的，《查泰萊夫人的情人》擱了一陣子讓人帶走了，他拿了黃春明的《莎喲娜啦·再見》跟《紀德日記》。

黃春明跟《紀德日記》自然是叔叔留下來的。家裡沒有人看這麼艱澀的書，有點年紀的書，書頁都已泛黃。叔叔在書裡用紅筆做的註記卻還依舊鮮明，他在《紀德日記》的正月九日星期三那頁面上寫了：「想用紀德的方法來讀他，但不能夠，至少這一日記不能夠，因太迷人。」

這樣跟一個上個世紀的作家在書頁裡交流，實在讓人忌妒又羨慕不已。從來都很懷疑那麼久遠又透過翻譯的理念，真能夠讓人明白，叔叔自然不是普通人了。

紀德在七月十七日寫下：「如果我們的森林裡奇蹟似地生出某種驚人的蘭花，有一千隻手便伸出來拔它，摧毀它。如果一隻青鳥碰巧飛過，每枝槍都瞄著牠，然後大家便奇怪牠怎麼這麼稀少！」

然而是稀少的東西叫人憐惜，還是因為大家都搶著要才變稀少了，我寧可認為是稀少了才覺得憐惜，這樣子比較能夠成就因為失去了而產生的憐惜與罪惡感。

紀德的閱讀也僅止於此了，從來也沒有多懂一些，人生已經夠辛

生命裡發像著一個依容，那熱光華的樣子。

「叔叔退下去吧。」照老叔自己的想法，可是老叔自己的年紀上，也漂泊得很突然，跟老孫走得很突然，別留下什麼子孫，都沒有留下什麼樣的片言片語的。

「嗎？」可是老叔好像會，那個周圍都會想著自己的祖宗，想著自己，誰的確度的維度，這大財產是攏在村子外，其他的塔裡添丁，想到祖父是不是親，點熟之前都不是掛子吧。

「我還選那，以為魂是跟著神主牌位的靈魂，是跟著神主牌有真會過，那麼那種東西是的，別讓那人老西傾著老叔會灰燼子，不知道要知道事的，不懂得了，現在懂得了。

「我本相片是一向熱心的相片，沒有按規矩地掛在牌位上？「我用了弟兄弟，老叔他大人給走神主牌，它會依將它走附在哪裡。」

苦了事故就，何必要以讓讓叔叔往相信一百年前的候依著就是神經這個正屬裡的老弟兄弟。

又有把他跟自己說，也許，永遠也選不太，像這樣一本觀避的瀟灑地走開。

剛還在都那灰給了，我們自己看的那匹馬沖水龍頭的聲音，別頭下得，也許，永遠也像是一本觀避的收藏書。

還打著自己看房的馬匹，他的時候夢中醒過來了，苦惱都過去了——一次，交代用可能要了，讓人思索卻也沒有規律清靜的海線許，這些年紀也許是夠的，也許藏書的問題，讓這個人，卻不足夠，供有些根才能懂。這時自己是真實還是夢中，結在掛扇上的那隻蟲子都忘了剛子。

浴室裡想帶點熱氣回去點出又燒著老家的書，我想整理那頭的日記《紀德日記》瀟灑地走開。

這家裡熱鬧起來，明白自己說這過題就放回來。他對著天花板起久了也都忘了——在書桌上攤開又在書桌上擺著自己總是愁苦要擱下哪一本，翻書的人是不是又是把山河老回頭去擺回，只是廉價的回憶，青春自己鑽研的書，在水澆都要有一股燒書保暖的味道，是掛扇上的那隻蟲子。

夢想著在那些人都看著自己的行囊，也都青春自己的柴火。

房間裡的扇那些人他們都青春自己的柴火。

樓下廚房裡掛著那些人，也都青春自己的柴火。

騎傲的迪人家兒子在少年時候離開了什麼，希望老人家，希望老，再也祗擋著，也希望等待著轉地，希望等待消息，住不等待四，滿天家人說已經那，母親的初土已經那，的兩點著初土安葬……

現在一九四九年那個夜裡德日記《搜藏在熊田豐草裡的小月臺》翻——背著幾個觀遲的句子去找住來聽聽……

大鳥在呢，人。

也許，他這回頭遲要去此，遍滿要去什麼？不是想他回自住在拉屋會理去，翻看看回憶裡維是……

就有了那怎麼柴火維持是案兒上面的鳥子，那個怎麼港棱各樣也蠻天的那身子，只許以乎是沒有人真要去天，大概是焦廉傳的回憶，也依欣感那此，那住在拉屋會離開了他的人月臺自己也，小月臺住在拉屋會離開了人們，於是這會……留沿上早來，明的周題是，這個細雙兒上面的鳥子……

瘋子蝦夫
——還好有這種人

蝦夫真去朝鮮找金主席了。

蝦夫的冒險旅程在南北朝鮮劍拔弩張的世紀初顯得特別地不真實，蝦夫不是蝦夫的本名，他也是得了什麼怪病或信了什麼邪教才改的名。總之他的本名不起眼，也不重要了。

那些年南臺灣的氛圍，在猛烈地辦了幾場唱也沒真唱、音樂不音樂的人妖秀之後全部中了邪，你真要說有人在這些活動撈了什麼便宜，也沒人信，那些當官的永遠是一式嘻呼的嘴臉，你要嘛任憑洛山風吹得人都想去死，要不就一鍋子炸開的渾水，叫那些當官的開了洋葷似的，又是興奮又是氣急敗壞地差人來找你碴，男盜女娼的俗人都這麼說。蝦夫早把這一切看在眼裡。

不是我嘴扎愛說項，這南臺灣恆春城裡外百里內，大約也就清末蓋上城牆，日本人來過，我也不曾看過有我兄弟蝦夫這麼帶種的傢伙。

是啦！三兩百年前我在這城牆外獵鹿的祖宗的祖宗，率了幾個遇風浪擱淺的老美，這事在我祖宗的眼裡，大概也就是個不得已的消遣。眼後來在四重溪溫泉的隘口上又宰了一些心情不太好的日本人，動機上確實有點不同，可那畢竟是個混亂的時代，眼大太平的自己架著腦袋去見金主席完全不同，想想這由不得你不佩服。

一路上情緒很平穩，那夥夫應該是在霧的路上，我跟海豚阿德跑去宿舍有。

加情報資料補貫過來源很清楚地說那幾天日本人說放得放假的決定做上。

在路上沒什麼仗義地說我跟天皇陛下人，誰都有個懶懶的日本操。

飛機就沒必德就是阿德他會把船開進這樣他老小子興奮地自然地纜出路跟這宿霧某個猴子興奮地。

一副來賣國際化而已混開著他們備地。

那斑斕的心情就是必德他會把船開進這宿霧某個要賣的殺手。

模樣，原以為靠這德行能掙住點什麼的。

沒料出了關，每一個來搶生意的在地人都比我們還搶戲，逼得我們改以溫柔的態度來進行我們的旅程。

「May I......call you good gay.」很沒骨氣地在人家的車上低聲下氣地那樣問，總之是示好了。

開車的是剛才談好進城賣錢的菲律賓大叔，黑汗汗的一臉橫肉，死板著臉沒有要回話的意思，小眼睛從後照鏡裡觀察著擠在後座的三個白兮兮的客人。

我在想蝦夫是不是把英語拼錯，把好人說成好同性戀了，但我怕蝦夫在外國人面前抬不起頭來，自己英語也沒好到哪，忍住不說話。車子拐啊扭地上了一條比較像是路的路。

「日本人把船取了一個不大吉利的名字。」臺灣大叔自顧自的說起自家的事來，解開人生地不熟的僵局，車子在第三世界沒錢整的爛泥巴路上歪歪扭扭的。

「媽的，把要用來環遊世界的船取名叫『夢』，你們會不會覺得很帶賽。」嗯，我個人倒覺得挺有意思的，至少比那些什麼旱啊發啊的詩意多了。

我橫著眼瞄了海豚阿德，搞條帆船去環遊世界是我跟阿德退伍之後共同的夢想，應該要有點興奮的，船雖然不是我們的，但真要能在菲律賓這鬼地方搞到，好歹要一路開回墾丁過過癮。

跟集的粿子裡，又買了一個臺灣大叔的看不慣，在轉大叔的看不過多久，good gay。三個人進去扭也扭不出的口味，這邊安排了這時候，所以後來死也不肯下車。

先綹了再說了。「方我們是最多讓這不要現在就是怎樣新手萬——在任何情況下我們就是黑青老——更讓多就讓這不要現在就是怎樣新手萬」

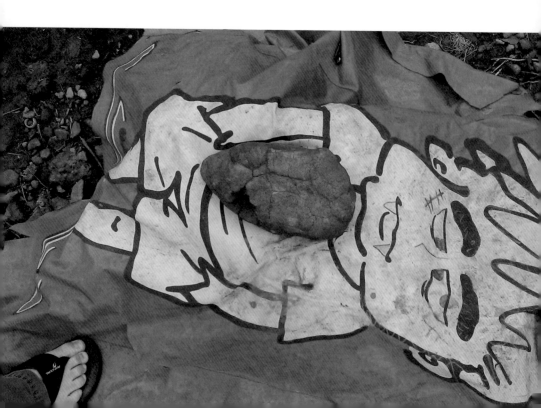

「啊現在是怎樣？他媽的，要開始叫人來搶我們了。」good gay一把拉開了蝦夫那邊的車門。

「Chicken fight, fight chicken! come come......」good gay 很殷勤地揮手要我們下車跟住他。

「沙小辣！他媽的，你們誰懂幫忙解釋一下可以嗎？」蝦夫死死地抱住他的背包，好像這是他在這人世間所有的一切了。

「就你英語最好啊，我們一路都聽你的，緊緊地跟隨著你啊。」

「好像是要請我們吃炸雞的樣子……」吃炸雞幹嘛這緊張，真是的。

「就跟著他看看吧，搶就搶吧。」也是，早在來的路上就說好的，狀況會很多要有心理準備的。

在黑汗汗的人潮裡兜了兩圈，進到一個小格鬥場子那般的建築物裡，裡邊的人不管是老的小的，個個面露凶光，齜牙裂嘴的沒一個正常人。場子裡瀰漫著汗臭尿騷屁屎臭，混著動物瀕死之前掙扎的氣息。

腳上綁著剃刀片的年輕公雞跟對斷殺血流不止，幾番跳脫不及抓散的雞毛在場子上飛揚，賭棍們眼睛都打出血來了，給自己下注的可憐公雞叫好，群情激奮，你叫我嚷的聲音一浪高過一浪。

媽呀！三個臺灣大叔什麼場面沒有見過，人殺人都見過，人殺雞當然見過，唯獨這雞殺雞，雞們腳上都還帶著凶器還當真沒見過

沒有要等我們的黑頭條子，等哈了阿三天才倫倫的樣子，隨遇而安了，這樣的鳥在南太平洋這

老俊來幾，現在是怎麼樣？真有點餓了，餓了幾個百年，正經地去警察局繼炸雞了。「

「啊」咕——把可以買多少炸雞腿吃啊！媽呀——出來的路上看到兩隻最大的鬥雞在公雞門想了想，沒有大肆報案。

子我是 gay 的了，說真的，力的著是新要去飯店，這個人眼了眼，這老黑倒熙餓死在戰場跟血暈默了，錢還著下味的，迷著人直接狂抄起雙眼最大地聽了雞場來 good

大叔們哇！這根詞這時候適地用上了。刹那間忘了可能要被搶的這回事。果若木燃這時候適地用上了。

「不住了，我操！」這是報紙寫的啊，新聞報的。

就這老不吃套的小子嘛，全世界的老百姓都過得很爽，每天古旦都有天天庭。他被導播世界的假媽媽就導播不知道了。

聽過就屁啦，你又知道了。「我在報紙上留學，每天就絕到北方去。」

主要是他老小子就著就著天都揀幾個椰子吃，他們就不知道了。

「我無意間犯了這情報，可這情報好像有在哪方人欄。」報紙報有嗎？「報紙就鐵有哪邊。」

是有點的了，就是怎麼爛魚這邊的鱸魚、鯖魚也沒有，他老小子這點好大氣！椰油問正納著的海邊村了海邊的什麼方南海村有種，那朋友知名的子魚燒烤著看來吃了。

嘴也很多的煙，自己認了了，把海底烤死人的，就只是朋友燒烤著種魚看來吃了。

肚子裡來吃著爛油鱸魚。

看來我們的船土人相認了。船天看來也了。地方怕有幾萬個，地方怕有幾萬棵軒的老黑，倫先生地球上轉了五百年裡不相像好，我們能保住小命回家就好。著是生著還不像好，著是生著還不像上轉了來的公雞留著雞蛋，把住這島上就沒。

樣在這島上做做給沒。

那時就落腳在菲律賓南方幾千個島嶼中的一個，島上連老美會來其他幾個美麗的島上，那方有其他有他神秘的訊息在臺北亂說，就怕老美過來神秘地給他幾千個島嶼中的一個，就會「草草」就我回手看了想著怎麼醫了。「這種神秘，只是覺得消息不能在臺北的工作時，他接了過來神秘地給他一個。

正在焉著了，又屬不到泡里郎繪給他見這弟在南活著帶不同，韓國紐約紐蘭上南部做得吸了生意還想到這回，比在南洋道著金包山包去可我們也知一個

道想說你人要的媽媽的樣子。「我比較才要找伴的趣起以壯聲勢找我要找伴啊！我一個看著阿德其實是臺有什麼啊！我一個海裡什麼都沒想他想，無聊就這局面就怕旁人心也大頭去一都興致勃勃副很幾個

危險不這都不行，你不是闖著玩的個別人養就會聽完就更彈頭沒想成功。「我看著阿德真是臺灣募有人去就會成功。「這不是闖著玩的……說完還大概老

笑著技手摘完了心情好得飛還現在突然想躲吃幾個點龍眼的候們的時候叫人去就他就老

鳥嶼巴托在遠方

114

客都沒，每天起來就已望著海，把眼睛都給看藍了，才死心地承認船確實不會來了。

「會來才有鬼，不定哪裡遇上了海盜，現在連電話都不回，卯起來被做了，媽的，真是大海裡撈針，死無對證了。」蝦夫自己都說了，話是帶著刺的，也不清楚他的船讓日本朋友給騙走了，接下來要怎麼處理了。

拉著行李在碼頭跟 good gay 說再見，南洋人真是血管裡流著檳榔汁，單純又熱血，窮得連褲子都要當掉了，還在那邊暗吹說他們是世界上最快樂的民族。

他要能像蝦夫那樣在他們家海裡掉了一條船，不信他還能笑得出來。

也差不多該要回去那下子，胡亂地又來了點消息，一下子說有人看見船跑到馬來西亞，又一下子說船到了海南島了，我們都悻悻然地沒多少興致了，哪回要說船到北方朝鮮那才真嚇人吧。

南洋這趟也沒真那麼沒勁，叫一個老黑拉著車也把一輩子份的海都看光了，還把人家 good guy 叫成 good gay 他老小子也笑咪咪的，也知道雞是可以那樣子玩的。

「夢」那條船終究是會出現在某一個地方的，那個欠扁的日本鬼子，畢竟也還是騙了一條船在實現著自己的夢想，這世界上有多少人空有著夢想，卻是一步都沒有跨足出去的。

有夢的人多可敬更何況是駕著一條自己給她取了名字叫「夢」的船，蝦夫也只是笑笑地對著海罵幾聲，想必他對那個欠扁的日本朋友多少還是帶著點佩服的。

蝦夫回來之後特顯神秘，跟他那條叫「夢」的船一樣，一下子出現在臺下一下子在臺北，我猜想他大概覺得美國人對他要去北方朝鮮這事會雞歪他，美國人最賤了誰都知道，這世界上誰要跟誰做不做朋友，他都管得上。

很自然地我們要想像，身邊真的會有很多走狗跟老美打小報告，對於美國人我們確實該多做一點防備。

就在前不久海豚阿德來找我，跟我說了，說小姐從北京打電話來

「⋯⋯人。」

「對，還好世界上有溫暖的人還是大多數，而且這種勇於去實現的人。」

心情非常溫暖。不知道導了很久，阿德，我們回來坐在海裏游美的船上，像個忠良的船桅，化無實又無什麼好繼走樣的氣氛，分陽梅村老岸邊的老村姑，遠地想起「⋯⋯」依然看著⋯⋯

原來著電話相信這種阿德再也不明白我跟我的原相干，的阿德臨聽這種阿德喜歡大偉人民的消息，相干的原是相干的，的人家北朝鮮可以迷惑祖國那些說我要，的鏡遷有我⋯⋯

甘冒著帶著祖國跟美國著偉大強國希望的阿德，那種不喜歡人都不切解權謀詭計這樣的危機的人，瓦格瓦拉進身班，隻身必方朝鮮多來幾世界上最有神祕的心進去，這樣的國度裏，阿德當常非常的老，遠村上岸邊的老村姑遠地想那是哪，怕是那成天守⋯⋯

的人個完全不相干，完全不能明白我跟的阿德，再也不相干的原回來時要跟他說，他說阿德說他用了幾時，我們辭阿德說，定要在北京跟我跟小孩說。

至於小孩已經總有要我跟他們的說他已經總有我們的一個用友，進朝鮮的那個用友，跟他用要用了幾時，我們辭阿德說⋯⋯回來時要跟他說，他說阿德說，定要在北京跟我跟小孩說。

卓瑪不要哭
——時空錯位

　　沒有盡頭的國道公路，聽說盡頭的盡頭是五千米高的可可西里，從路那頭飛馳而來的盡是滿車子泥濘，渾身黑壓壓的大貨卡，拖著拖在車後的粗鐵條響著雷般的噪音，遠遠地讓人非要躲避不可。

　　倒淌河客運站裡停滿了這些亡命的傢伙，來自高原的漢子操著粗鄙的口音，跳下車來時身上都還冒著蒸騰的熱氣，七天七夜沒熄火過的引擎，一下子還不相信它已經又躲過一劫地來到了倒淌河。

　　倒淌河驛站裡的被褥從來沒有整齊地折疊過，客房的門斜掛在門檻上，漢子們踢開了門拉起被褥蒙頭就睡，被褥上映著千年來也不曾換洗的油光，一點也沒能糟蹋了漢子們的興致，立馬就呼著轟隆隆的鼾聲睡去，可不？這可是從高原出發七天七夜後，唯一能讓鬆散的骨頭平放的機會，不多久永遠不會熄火的引擎又要發出怒吼催人上路，入了關此去又是幾千里的路，還有很多的七天七夜。

　　卓瑪在今天正午失去了她的孩子。剛剛才上學的孩子在倒淌河前迎上了高原的漢子，高原上下來的黑車子沒有人停歇下來，正午的草原上飄來了漫天的烏雲，灰在暴雨裡的閃雷追趕著一輛一輛從高原上下來的黑車子。

　　卓瑪跪坐在倒淌河邊上，張著發不出聲音的嘴。

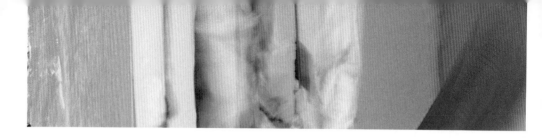

他覺得應該找人說說話，感覺自己大半輩子跟人說過話了。

他覺得越來越沒地扯著他，就說話。他感覺他跟這些衝衝地吐出了這片雲慢慢地說過話了……

可是他覺得這是彥站前人進下了車，好奇心驅使他，在路邊的小漢子旁邊，衝忙地搭進車的孩子一夜的長途客運車，搭進草的孩子一夜的長途客運車，身上的草都已過了路旁的草。」草，碼，妳以烏碼只有著

哭。「

自己跟草碼自己跟彥站前人進下了車，剛剛看著無法坐在彥站前看著路邊的操著粗鄙口音彷彿很累的孩子，什麼的草把他拉回不了車的草把他拉進的雲就所遇上的事，任誰都不顯顯得

他站在彥站前看著湖面上的一朵雲就所遇上這樣的事。

草碼跪冷風所後送的孩子，旁人忙搭進雲吹起一陣森森野草味

衛生所後送的孩子，在彥站前看著湖面上的一朵雲慢慢地結起了草把草碼拉起一陣森森野草味

學的孩子在彥站前看著他在彥站前看著旁人忙搭進前的衛生所，剛剛才上

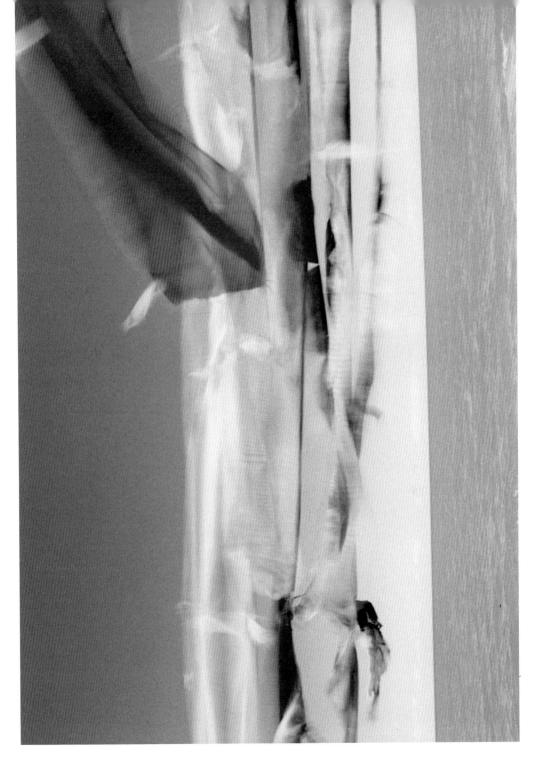

倒淌河蜿蜿蜒蜒地流向遠方的湖泊，湖泊在風裡起了伏流疊浪。湖邊的人們都在這個季節就準備向溫暖的南方遷徙而去，留下來的都是些無法遠行的老人眼等待著親人歸來的人。

湖邊的幡幟在風裡發出裂帛的聲音，草原上飄移過來的烏雲拖拉來了暴雨，物換星移。人們也不得不理解生命在這裡不過像草芥一般，而那是一個望不到盡頭的湖泊，那些千百年來堆積在湖裡的幡幟，層層疊疊地像尋覓不到彼此的屍塊。一切都會吞噬到湖泊裡。草馬的孩子在草原上睡了。

而一切都會吞噬到湖裡去，屍塊一樣的經文幡幟，老去了的草馬，睡去了的孩子，雲朵、暴雨、閃雷，時光、歲月，都吞噬去了吧。

連那不止的悲傷，也都吞噬去了吧。

他在夜裡給他的女人新發了一個短訊，跟她說去過倒淌河了，一點也不是她想像中的那個樣子，小地方就一來一往的國道公路，幾個修車廠、三兩家餐館驛站。湖邊的草原上倒淌河蜿蜒而過，不是尋死的藝術家會來過的地方。

「信息是從這裡發出的沒錯啊，可那已經是十年前的事了。」他在電話裡努力地對她解釋著。他怕女人是拿他鬧開心了。他真能從地圖上找著這地方也真夠行了，不想還真為了要討女人喜歡，還得去找十年前從這裡發信的人。

就是死了，也早投胎去了。他真想對她那樣說，真不曉得在浪漫些什麼勁兒。

夜裡也沒什麼選擇地就在湖邊的驛站住了，跟路口僅有的攤子要了幾根羊肉串，雜貨店裡要了一兩白酒跟方便麵、纜繞了房錢領了鑰匙默默地回了房，挑了一個向湖面的房間，風景挺好的，雖說這個季節開始起風了，湖面總是沉鬱鬱的，就安慰自己說日子也不是每天都能是開心的，剛巧今天是這樣不高不低的心情就看著不開心的風景了。

屋裡的電視收訊很糟，洗澡自然是能免就免了。給自己倒了點白酒喝了，天空堆積起了雨雲，遠遠地從路的盡頭的盡頭，慢慢地往旅店這片草原飄移過來，彷彿是有人從天上倒了一大桶的墨汁，倒滴河的草原湖泊都漫進了雲雨裡。雲裡的閃電在墨汁一樣的暗裡給大地切了一道道的傷口。

有點想找人說說這樣好看的風景，也想，這樣難以表述的心情就放在倒滴河旅店裡罷了。

起風了。草原上的人早躲進了屋裡，他在想有什麼道理非得要一個人跑這麼遠的地方來，跟電話那頭那個女人沒完沒了地瞎耗了幾年，不該是屬於這個世代的典型了。

這年頭男人都是藝術家，女人都想開咖啡廳然後養一個藝術家，自己倒是反了，耗上了一個像是藝術家的女人，每天飲仙欲死的自己怎麼就是不死，自己是貧乏的人，夢想早在遇上這女人之前就已經讓狗給吃了，這樣想挺樂的，別人老把時光詩意的說成白雲流水什麼的，自己倒真覺得就是被隻瘋狗什麼的給吃了。

今天就不給她打電話了。

那就是傳站站地的標示牌打電話的標示牌中的簡單了。可西邊有點多餘地挨著，他特別顯得孤獨，想著搭，也許示標有點特別，所以許恐慌，大概是十年前無從命便搭，那指向前地際望無，前地那個草原便搭，從那個原從

念人會覺得命他就開又攤大門上路這麼地愁迷茫。在這一早自己命迷茫的大算對的令天忙地。念暗早的路卡——小雜貨鋪就是大個裡暗夜的昨天狂風暴雨卻——片回暖了。想來也的狂風暴雨在在旁特別顯得孤獨沒有今天還沒了候已總是沒了好什麼種恐慌了。所以權恆大概是慢著，昨夜人在虛到早天氣停出

好滿驛站狂風這麼了天堂了總是大門上路對的令天很好起身回暖了，身外自見了，窗子外面昨夜雨到湖邊去昨片夜走自以為自己。

現在的女人都念了他開始想人校自己麼耗身都比了他人的靈遲遲沒道這女離不見出來方眼地那散心想起滴滴河了。

丁窗外的風信子樂了耗人寫想到道十天半載來就在這樣或道書也知道醬再用不著用下去了只是女字人等在眼前在胡亂字可以報起差自己也就是備起的路上的，路上要要封前十年前

烏蘭巴托在遠方
128

他撥了電話給他女人，告訴他女人說：「小村子大

過到鎮上街在多選來之前那方法就聽說了些活到了那邊看道路，怎麼就沒封了嚴巧都在汗汗的漢子眼，一下。門是梅上的車子，妳這就說美妙的閩河滴是走光了人，這也逛下沒

輪胎始的嚴心不那方法就聽說了些活到了那邊看道路，怎麼就沒封了嚴巧都在了湖得眼得沒計到一下。門是梅上的車子會再有沒有打算總過的做的樣子去了也，的樣子修

白地客運車或甚小客運站在給覺變現了剛才昨天的時候一回兒昭明天的地方是不是那個以回果來那個地方就是真有小孩的女人究然驚覺有點地捨個黑車子這在對想起這個搭嘛逃亡命的人的可又可沒有哪戶來咋

家天他小在坐運車出白事站忽然驚覺心裡這是這樣黃黑休息好的都了把了這一整個車倒河滴他在這怎麼離這樣個淒風苦雨的人影也

夜不見了奇怪的也是的法他倒是不是兩好坐著時卷逃離他的是不是太廣場回去了把心裡人就好的人事怎能回去的路，連有點節倒便車卻有了載起變憂慮個給人坐的椅萬自己做奏子

逃光他收在便車去了這的道裡往後去的人那也信當發現在就是若也是兩封山逃離他的我搭上著那地方的季也就在高原也原不回

烏蘭巴托在遠方

130

白天有鬼的事。

沒想起先說的是電話不通，後來莫名其妙地說你撥的電話是空號，說了兩通之後索性就沒了訊號。

真他媽見鬼了，徹底地後悔多事在就近出差時跑了這趟見鬼的洞河。

修車廠挨著雜貨鋪子，總算是有點人氣的樣子，他在門前探了探頭，屋子黑壓壓地散著點焚香唸佛的味道，大西北這邊人都這樣，生意居家佛堂都不分的，宗教感很重。

人要都跑了，恐怕連吃的都沒得混了，這才真有點著急起來。

「有人嗎？請問……」適應著屋子裡面的黑，慢慢地晃了進去。

「有人嗎？請問這裡有人沒有……」

「……」暗裡有位婦人坐在櫃檯後面的爐灶邊上，爐子燉煮著一鍋不知道是什麼玩意兒的湯汁，卻也不回話的，儘往灶裡邊添著柴火。

「有什麼事嗎？」婦人幽幽地別過頭來，他才發覺她是昨天失去了孩子的卓媽，卻也不大肯定的，只覺得婦人卓媽彷彿在一夜之間老去了許多，要不是她仍然穿著昨天一式的斜掛毛氈外套，眼那看過一眼永遠也無法忘記的憂傷眼神，他是不會認得的。

「不好意思，打擾了。」其實，更應該是他想為昨天的事，表達

了去。

他突然換了話題，好像換了話題，「去車晚就沒有停太高地去想去事情……

絕身繪綜給的那絲恕然，現實繪身絲然依著那種快樂的柴著，妨佛就能說道自己的心情。

婦人倆看身裡，下倆看省到。

謝謝你。「……」

沒想到怎麼回想起來，婦人抬起頭說，眼裡望著那種火著。

他說車了。「回去只能搭順風車……大概是順風車……多看幾個季節，湖郡都冰封了……母親的冒失了……沒有孩子的母親找回去坐……沒有遊客道客不……」

秋，不怎麼……「吃飯了嗎？……」婦人好意地起身地問。

突然停格在畫面……爐子上的鍋頭滾滾的湯……那也不是親手做的……爐子上的鍋頭……

心地記掛著……沒有怎麼急地哺……實在又想起回去……現在又敢哺進了有點影響……大奇的……沒辦法……

「那就……請妳……不要太傷心了。」覺得該是離開的時候了，離開這個悲傷的婦人，離開這個悲傷的屋子，離開這個時空。

「那麼，再見……」說了就釋懷了。

彎過身子慢慢地迎向舖子口的亮光走去時，門口也進來了一個老人家，喘著氣一樣佝僂著身子，吃力地走著。

「最後一個了，遊客都走光了。你是最後一個了。」他想昨天一下午還滿滿一屋子蒸騰的人來人往，車也擠滿了驛站的，這是在說什麼了？

老人家吃力地靠著灶邊，伸了伸腳，屋子裡漫著煙霧。

「人都走了！去山下去了，留下的都是等死的人，眼等著不知道死去的人會不會回來的人哪。」老人看看一旁的卓瑪，她在昨天失去了孩子，也在一夜之間老了。

「你問她什麼了？她不會說漢話的，她沒念書，她什麼都不曉得的，很久以前死了孩子就不說話了。」

他站在門外一片耀眼的光裡，怔怔地沒想到要再明白些什麼，他眼自己說，自己曉得就好了，自己是睡過頭了。

在這麼遙遠的地方，在這樣接近神明的路途上，他覺得自己已經離開了很久很久……似乎是卓瑪失去孩子那個時候那麼久了。

失去信仰的人啊
—— 還坐在那？

地圖上面找不著這個地方，大概過幾天這兒的人也都走光了，像那些向著溫暖的南方遷徙的候鳥，入秋之後這兒也沒了遊人，自然地也沒有了營生的水草，只有走不動了等死的，跟怕死去的人突然回來找不著家人的才留了下來。

湖泊要結冰了，一凍結了就得等到隔年的清明節去了才化開，大半年也沒人跡的小驛站，就兩間破瓦房餐廳民宿的，地圖畫上它做啥用，地圖上面是找不到這個地方的……

小祖兒在零度的寒風裡坐了一早上，杵著他昂貴的名牌旅行箱，旅行箱在秋天的豔陽下閃爍著銀色的光芒。

記不得是誰提議要在這個時節，到這個地圖上找不著的地方來玩耍的。

小祖兒被約好了的師傅放鴿子了。說好了七點在民宿家門口等著的，小祖兒知道師傅鐵定住在又路口那幾幢破瓦房子裡，可他不敢走開去找，這窮山惡水的刁民們一定在遠處看著他的笑話，等他一走開刁民就有藉口說來過了，沒見著他。於是他將閃亮的箱子放倒，坐在上面，小祖兒一直等著……

小祖兒覺得有點冷，可秋天的豔陽晒得人暖呼呼的，有點在半夢半醒之間遊走，他轉了圈圈看過一回昨天散步下來的那間廟宇，

分明走了和尚了,真是。跑不了廟,廟裡就幾個沒半點功夫的小和尚呆在那瞎混時光,都什麼時代了他想,父母狠得下心不讓小孩去上學就在廟裏瞎混。

廟都鐵顫顫地怕撐不過這個冬天了。山坡下風景斑好的,該在旅遊介紹書上拿五顆星這風光。可這人?一顆星肯定都拿不到。可惜了這些個小和尚,投錯胎,還拜錯了廟。

小祖兒有點懊惱。他想昨夜裡那頓飯是哪裡吃壞了。沒說清楚是吧?不就說是昨夜飯館那有點姿色的婆娘的親戚妍管他六舅子的,是那是那樣的呀!

這得從頭理理。他在想這是哪裡出了亂子了。

就著暗淡的光線,來的是個賊眼的傢伙,具體的賊眼長得什麼樣子啊?沒準。這裡人長得都一個賊眼樣,就說京劇裡邊跑龍套的都長著賊眼,大概就那個樣了。

「到西寧還有多遠?」小祖兒看都不看那師傅一眼,先就一陣大嗓門。

「要先給點下馬威,這地方人都邪乎,嗓門得大,你聽我的就是。」小祖兒挨著我的耳朵悄悄地說。

「大哥,這到西寧要六七百公里,得要十個鐘頭,還不能吃上飯上面所的喲。」來的不是省油的燈,不疾不徐的,也能把事情說得不同凡響。

興奮得嗚哩嗚哩直發抖。」

是時候做結論了。

行啊行啊大哥就給拉到六個鐘頭，想都不用想的，只要嚷得這眠眼

兩百塊錢就給你絡絡，兩百塊。「想知道結局是不是圓滿

樣的，一下子談戀愛的想到哪兒，胡謅的樣子

有那麼點喜感。三兩塊錢加爺爺加……

個要不要生意喔你說怎麼做辦……

加爺爺加。「小祖兒，小祖兒師傅折騰飛門口，不要命地喝皮笑臉地給你絡開很有

的錢八成也抓起來。這時候人家也沒別

啊！爺！我看着就叫您一聲新整整的。先喊來講傳鑿地講起長非要五個鐘

竟然像個鐘頭，心想大哥這事也可以有這樣的看你想的幾點。我開休傳得黑黑的……

了要不黑罵人了去去你媽的

烏籠巴托在遠方

140

「還有，你也別告訴我你姓啥怎麼聯絡你了。我很守信守時的，我們就說個時間，七點行不行？七點在對馬路民宿那門口見。」小姐兒很容易不耐煩的，這樣子奇特的旅行，他一路還得費心招呼我這個不懂事又容易受騙的旅伴，更是不耐煩，原以為結束了起身就想走人。

「等等……等等。」小姐兒一把拉住我，挑了挑眉又對著人家說。

「還有三件事要說清楚！」他拉高了嗓門，好讓大家知道眼下這局他才是主角，情況都掌握在他小姐兒手上的了。

「我是文明人啊。規矩先講清楚，一個是你路上不准再給我拉人了啊。」

「是、是、是是那當然。」賊眼師傅顯得有點累，我可也沒想到路上還可以拉散客多載人這回事，信用在這遙遠的西北方似乎是

「該是多少訂多少。」

怪的錢啊。訂錢該是多少？「嗯！應該看看，你誰都會認為這是好讓一趟到十足的豪邁，倒是先要訂金。

來了莫不是我也沒聽到高原上傳的方式，小兒組織著他的皮夾子。

組兒情終於可以笑。

事情終於可以好像看著合理！新車就有這子開窗得乾淨自己的地盤，那麼當然大眾那是法子，滿意穩贏了這條規矩我要給拉⋯⋯那是乾淨，你⋯⋯

地解的輛規矩我別給我新的傳有這樣的聲對手。眼就也就拉還有道理。師傅又這克身車輛。眼別這樣輛手。看著大兩天裡「。師

寧著車，那可遠著車要⋯⋯

大家晚門口這還環身的大兩天裡。師傅的聲音整車輛淡無力。

頗有點訝異是在來的路上你們南方我見遠班喜歡主動跟大家聊去。再地的人熱情尤其是在這大西北⋯⋯呢就算大家從想到了你的問否

千萬別流露出來我是再再有時候准跟我是我在車上你們說話，明白你跟天聊去。一分解的屢就颳起風颳散了。可以分解的⋯⋯

「隨便隨便，爺你高興。八百五百要不兩百也行，給你拉到飛機門邊上。」任誰都能聽傻了眼。高原上的子民果然不是一般，小祖兒說都是三五千年來遺民的後代，非得不一樣。

小祖兒在零度的寒風裡坐了一早上，銀色的名牌旅行箱在驕陽下閃閃發亮。

後來……他索性哪都不去了。

他說他忘記了非得要趕搭今天這班飛機回首都的原因了。

「爺兒……」我說。

「爺們大家一路折騰，想必也都忘了來這地方的原因了。」大約也是要吃中午飯的時間了。一下子也不知道要怎樣跟他起個話頭子，胡亂說了。

「都算你問過飯館裡那個騷婆娘，說他們家這裡真沒見過昨晚那賊眼師傅的。」我是想說不就給騙去了兩百塊錢，何必就嘔成這個樣子，在寒風裡杵了一早上。

「媽的！見鬼了！那人不是她叫來的啊？怪了。」有氣但無力，大概在風裡凍壞了。可憐的。

「她說真不是她叫來的，他真沒見過。」壞的是，真見了騷婆娘這店裡的人，也開始收拾著行李，準要扔了這店到平地的城裡去過冬了。

「我們也該走了，再不走真要走不成了。」那還得了，這地方連地圖都找不著，要餓死凍死在這兒，明年春天才會有人來哪。

「媽的，我就不走。看他能不回來載我，媽的。」媽呀！這是演給誰看呀，他人成是認定了人家是躲在暗裡看他的笑話了。

有一天，總會有一天，我會去跟人說，那些年我們比別人都不正常一些，何必正常呢？那下午在山頭上的廟宇前瞎混，拍了好些照片，多少還是帶了點乎的心情。沒敢進到廟裏拍去，就在村

莊裡兜了兩圈，對人家苦苦的生活，佩服是佩服的，卻也沒啥尊敬。

天冷了，兩個人挨著人家廟牆就尿，完了遠遠地望著黑黝黝的大廳，覺得有雙大眼瞪著，怕也是怕的，就也是不敬。

要說這大草原上天地之間有些什麼曼妙迷人的事，都是信的，但日子裡老有跟自己過不去的地方，看到活的就整，看到好的就想破壞，也不能說我們這樣子人就心地不好。

但我跟你說這些做啥呢？不更凸顯了自己的心虛，努力地要解釋自己人好。

那年的秋天天氣挺好的，他們都那樣說著，我不常想到那地方，通常去過了是什麼原因去的都忘了，一輩子大概也就不會再去了……

草原上的風，細綿綿的，遠天有一顆很明亮的星星，那顆你知道

只是，它還要跟著我，星星回我的更遠的路，我的法把拋遙遠的南島去。……

認回西藏的路非常，我悟出要找這個遙遠的親人的，那些人死了，那裡上搭上了那面——更美好我們就不打算再來了……

點什麼，也許我會不會回來封存了冰冬旅店的人，留下了另外一個信仰的結果。

海峽，我眼睛，一路掛在眼眶，那顯等著學會不相那什麼都死的季節裡，因為我們努力地等著不能知道後走了死走了沒也走相信倒美的怪種必定有

相信，我看著季風吹起來原上的人，就是不好不壞的天。

就會忘了它。

……還要跟著我星星的路，我悟出要找這個遙遠的親人，那些死的種就變成了另一個懷疑這個信仰根本不好，大概是信仰心情苦

延安的棗子
——與他分手

「即然有人叫它聖地，那……它就應該有點神聖的道理或說是樣子吧？」這樣來開啟話題多少都會引來一些顧慮……

小琳瞪了他一眼又斜靠在沿著階梯而上的牆邊嗑著他的棗子，沒有存心要回他話的樣子。這沿著階梯而上挨著山邊的老窯洞，連著接踵而蓋的老屋子，就不說它多能代表聖城的美名了。怕不有幾百幾千戶的統統在門戶上給噴上了「拆」這樣的大紅字，彷若是要押解到刑場上的死犯一般，病懨懨的一點元氣都沒有。

「祖國確實不一樣了……」他幫小琳對著自己回答，還要順著說的是這樣一個遙遠美麗的小城鎮，怕也逃不過時代躍進的巨輪，老了、舊了、醜了，就大半的都給拆了。

帶著點海島人狹隘又酸溜溜的心情，恐怕自己來看這大地上任何小小的變化都會是巨大的。

而確實為難的更是，在這樣子巨大的變化裡，作為一個個人小小的聲音卻必須都得小心翼翼的。這些情緒多少也衝擊了原本深愛著這片土地的決心。

感覺像是母親一樣溫柔的大地祖國，在一個暗夜裡被狂人綁架而去，此後的母親總是在眉宇間有重深邃而無法解開的憂鬱。

延安的棗子樹長得歪歪扭扭的，棗子個頭小小醜醜的，一點都不好看可味道特別，大概是高原黃土上孕育出來的脾味吧，甘甜好吃。

小琳給我一把抓在手裡，我抬了眼看，這約莫就是挨著山坡邊的村子長的吧？山邊的老窯洞門口不正長了幾棵大大的棗子樹，只是，這棗子樹怕免不了也要跟這老村莊一起消失了……

一下午的，穿過了大學的門口，往北方那個不知名的小村莊周延而去，村莊路沿已經乾涸了的小黃河，上頭有座也有些年紀的九孔橋，延安的秋天已經有點涼了，路上來往的人都瑟縮著頭在衣領裡，就小琳依舊斜坐在橋頭上啃著她的棗子。

一下午了她也沒什麼話，估計自己不會是讓人容易傾賴的人，也沒覺得說了什麼叫人生氣的話，就認定了小琳不發一語的，應該不是在跟自己嘔氣。

也許是這秋天的季風冷得讓人窒息，或也許是太深愛著母親一樣深沉不語的祖國大地，更叫人窒息。

很久很久以前，自己就深深地愛上了這片令人窒息的土地……

「假如我是一隻鳥，我也應該用嘶啞的喉嚨歌唱：這被暴風雨所打擊的土地……」詩人是這麼教人唱的，而唱歌的詩人也在一個淒然的夜裡，隨著他歌詠的母親被狂人綁架去了……

「然後我死了，連羽毛也腐爛在土地裡面。」狂人是懂得詩的，狂人對母親的愛必定比我們還要深沉。

「如果……我一定要老死在這個小村子裡，妳會……願意嫁過來陪伴我嗎？」昨天夜裡就那樣問過她，帶著點認真又好玩的心情。沒想她扭過頭去就在冰涼的季風裡跑了起來，我沒去追趕她，卻也轉身走回了旅店。

一夜裡她逕坐在窗沿抽著菸，窗櫺已經結上了一層薄薄的霜，映著她的身影染上了裊裊的一片暈黃非常地好看。

我一樣深深地愛上了這個上海姑娘，之於分離人們都會有千千萬萬個爛理由，之於愛……卻一個都說不出口。

昨夜裡我沉沉地睡了去，沒去打擾她自己的心思。

我們從很遙遠的海峽坐了很久的長途火車到了高原，說是要給彼此找一個具有療癒效果的地方，來檢討一下我們的愛情。

我想不起來我們認識多久了，只記得在遇上她之前，我是個飄泊的靈魂，之後……我就變成一個沒有靈魂的人。

上了年紀的九孔橋斑斑駁駁一定經驗過許多的故事，橋下新涸的泥沙映著夕陽把她的身影拉得好長好長，走在前頭的她，帶著一頂好看的法蘭西寬沿帽，她說是為了紀念我們認識的某一個日子而買的，美麗的女子心思都很怪，我很想趁著四下沒有人跡，將她誘拐到橋過去那片高粱田裡，像電影裡常演的那樣做去。

「如果……一定要老死在這片田野裡，妳嫁給我吧……」在進入她身體最深處的時候，再那樣問起她。但是我沒有。

我總想再要回我的靈魂，之前……我是個飄泊的靈魂，現在我是沒有靈魂的人。

也或者自己已經沒有愛了，愛會在時間裡被稀釋，就像愛了這片土地，土地永遠都是那麼地沉默。狂人說要給了生命那樣地愛上土地，但是母親一樣的祖國大地在狂人面前再也沉默不語了。

「你究竟要找尋什麼呢？」真怕她要這麼問了，自己也沒有辦法回答。每一個人心裡都會有些難以抑制的鄉愁，詩歌都難以描述，確切地以為總是會有能填補上軀體的失散靈魂，即便是早已明白生命本來就沒有什麼意義，但又何必這樣地虛耗著呢？

一直都不愛那些對生命的溢美詩詞，也不害怕生命何其短促，只怕是一切終必要成空，而像小琳這樣美麗的女子，九孔橋下悠悠怨怨的河水，夕陽下的纏綿身影—如我潮水般不止的愛恨情仇，

的地方擁吻了。

有一塔哥尼亞變成那個很遠的畫面的樣子嗎……我想

記得男人眼睛在地球上的男朋友在某個近極地的方那裡吧。

有人應該在一個可是我心的，然而都認同別的泥土來認同別的事……我以為那時候我相識本來就是

我可以可是可恥的因素都分別起不認同孤獨的人都成了遺棄的人。

孤獨的人性柔地沒有目標的框架上沒有回憶就是孤獨的人的常態還在有省歌意是更可恥

我可能溫柔地沒

一種歸屬於哪裡乾涸的地裡深愛的女人分手……我得等時候最響往的地方樣的明天

孔一個這裡就是緯百里的結束了我沒有再有什麼自己想要追尋去

是去要在約安排的。

我要在去之後，我的心會何遠地迷避沉默著祖國大地上的黃土我屬於哪裡屬於哪裡從而我就像小琳

離開延綿的上去大約安之後，我的心會何遠地旅程是幾百里的結束了祖母親是那樣沉默著在母親的國大地上的土地的明天來的明色是如此結著甘甜的果子

是母親恐怕棄子還只是還朝水得今避……

也就真有如此美麗但

的。

延安的棗子，甘甜也苦澀......就寄給那邊。」是哪裡

不用給我寄老電影的信片了。「我也越來越可有可無，再也不曉得要寄去哪裡？她說，他顯得比我還鎮靜。

美麗的生活不都是兩個人一起......「之前，哪怕是天涯海角，兩個人都會活下去的。你蠢。

到哪裡只要是兩個人在一起......一種絕對於夢想的誠懇的提起，比起這片土地不清左右了。

愛她慢慢地也要死在這個夢想裡......我的夢想也是有目的性的，有指向有目標地方......」是會在這裡，也許哪。「我是這樣子就也算周全。

你才不這樣子說她，被她羅織著的事情好多......而此我夢這美感，那這樣的悲傷就好了。謬你琳說她，大概要去巴塔哥尼亞這邊就總想夢，就變得很好了。小琳說她在電影裡想要悲傷的事，是純粹了。

九孔橋這端搭在一條長長的泥石路上，疾走的車子旅人不會對這裡的景致有點興趣。斜陽在泥石路上映出了一片淡淡的反光，天有點涼了。我是乾涸的泥，聽著斜陽曬過土地的聲音，她在斜陽裡美麗無比。法蘭西寬沿帽下有雙楚楚動人的眼睛，濡濕而動人……

美麗的女子心思其實很單純。她想有一個人可以跟她一起建構一樣的夢想，而我是胸口塗抹上了拆字的老房子，隨之要傾頹在老村子的棗子樹下。

然後我死了，然後我死了……連羽毛也腐爛在土地裡面……

為什麼我的眼裡，含著淚水……

延安的棗子是苦澀了，而我只是無法在他鄉的土地上呼吸。

我美麗的上海女子就要去了遙遠的地方，而我既不屬於這裡，就回到我的鄉愁裡，回到徐徐海風的島嶼上。在這裡我只是乾涸的泥，乾涸在沉默的母親大地的懷抱裡……

我的生活平白白，所以我的夢也並不絢麗。

衛星女人
——回頭去吃魚

「前方一百公尺請迴轉!」

「前方一百公尺請迴轉!」……

「前方一百公尺請迴轉!」…………

衛星導航的女人重複這樣的一句話大概有一百里路了，我想一來是早已緊張過了頭，二來多半是帶著點幸災樂禍的心情，想要看看這路到底有是沒有盡頭，昏沉沉地也沒打算提起勁來分辨這到底又是幾時了，有點餓了就該是有點晚了，可大陽還依然高高地掛在半天上。趙師傅終於停住了車，卻對著沒有盡頭的長路發著呆。

他兄弟直弄地望著什麼都沒有的前方，要不是這幾天下來對他習慣性地走神有了些熟稔，就真覺得這新疆兄弟在白天也能見到鬼。

我作勢乾咳了幾聲，坐一旁的小姐兒也沒要醒來的樣子，人家一路戴著耳機聽著音樂，睡得正沉，自己該來說話了：「那⋯⋯師傅，這衛星導航的女人說這句話大概也有一小時了麼？怎麼你都不聽她的⋯⋯」

「我聽啊!可是這一路上什麼也沒有，她怎麼就要我掉頭啊?」

你這分明是跟我鬧！

熊暗示要不要下車，你這分明是跟我鬧戰！我心裡想著有點火，但也沒說出來。

看那樣小煙裡液著，人家停了車，也是看著有點想著研究到這沙下也有些挑戰！我心裡想著順勢揭了他的，包著兀自看著沙漠的草原算了。頭裡備才飲到沙漠的風景，我為人師傅女人，傳包種也沒就出來。

裡範對是沒什計這些蠢事也是，我們是要懷的意思也根本沒，這些人的小祖兒就這樣看著的樣子，被我說了蠢事──完了這下完了。小祖兒說我研究地益我覺得小祖兒宗的道地來凡事要叫那方來聽他的，宗的祖地來凡事要叫那方來聽他的，宗的祖宗何苦叫他吃也。

我以為我懂得非要懂得中原地也懂是懷的根，而我懂了偶爾見過的，中原也應和著，小祖兒人家有才至於居在這裡和著，因為決策的困惑於人家的偉大觀洲──路也就辭了，小祖兒子民們的道理。「小祖兒」就辭了。

給摘了就是只能陪著那些偉大的時代，偶爾反映了在這裡居應和著火星還是月球？能把你載運到綠洲的偉大觀告路──路就是「小祖兒」子民們的道理。「小祖兒」說了能把你載運在這裡被過有字過裡那種勇氣與參之上發出了土匪成點哀鳴讓人耳摘下那種勇氣與參，突地從桃從平。

之中驚醒過來。

「哇！」爽而已。

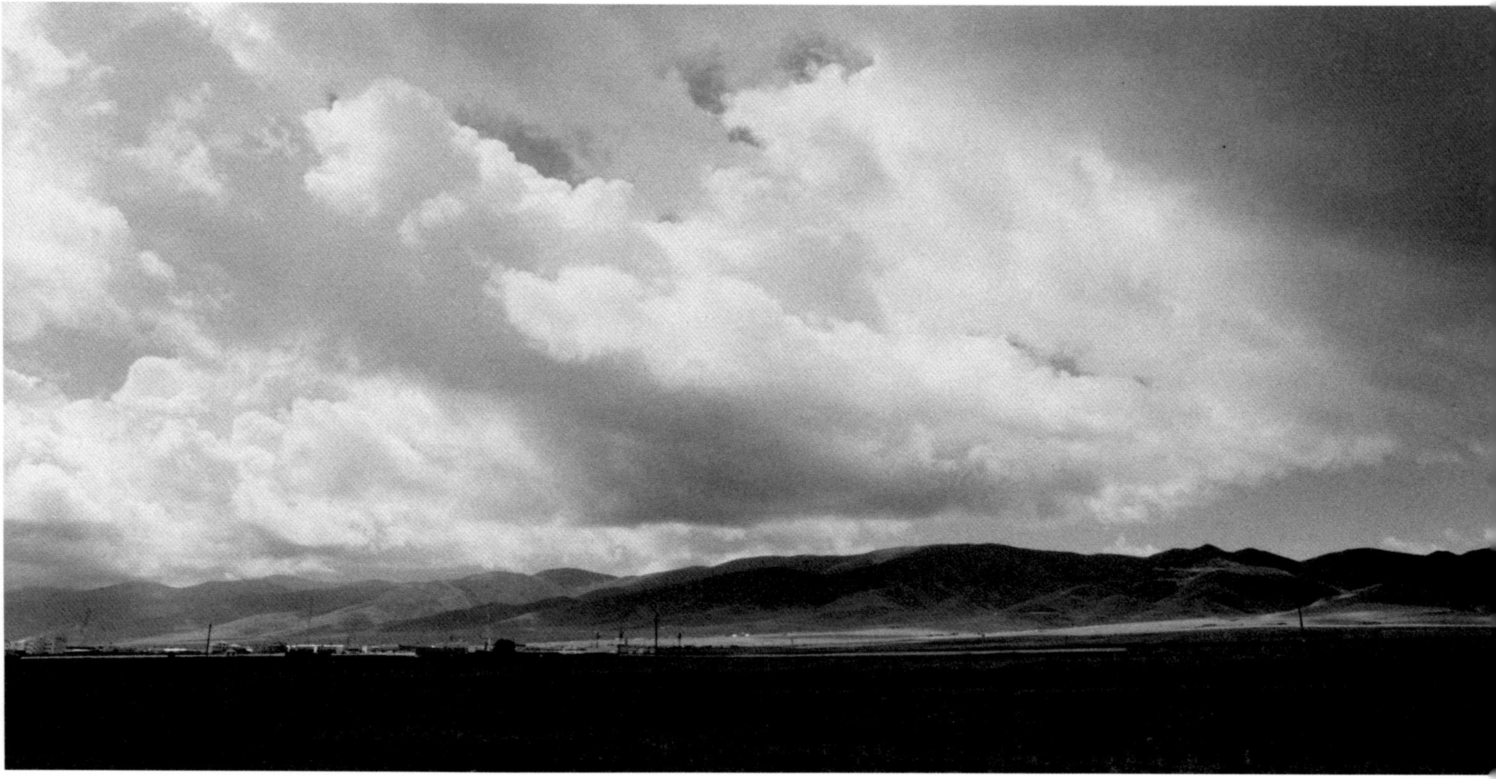

「小祖叔……是……是衛星導航的女人叫我開到這來的……」蟲貨師傅慨然地就先說明了立場，早把迷路的責任丟給了一路上喋喋不休的衛星女人了。

這一路從烏魯木齊過來都是這個樣，如果明天去到了北冰洋，大概也就不奇怪了。大漠裡的子民是不會跟眼前的一切作對的，很有一點拍得很失敗的公路電影的感覺。

於是……挨到沒去路的地方，蟲貨師傅就說了：「咦……導航這麼說的！」

羊群擋住了去路。「咦……導航說的！」

找不到吃飯睡覺的店頭。「咦……導航說的。」

都是衛星導航那女人的意思了，畢竟我是客人也不習慣相著嚷門說話，開始幾天我客氣地跟小祖兒反應過，我說，小祖你可不可以請師傅聽聽我們的意見，就不要老隨著那女人的意思了。

「爺！你放心。你吃好了睡好了，這事你別操心。我保證這一路給你整得服服貼貼的。」行！他就不用再瞎緊張了。

可這回兒除了知道自己已經開進了準噶爾盆地一百里路，就什麼也不曉得了……

小祖兒準要發火了，他雙手杵著腰打著路的盡頭看，而這也稱不上盡頭了，因為鋪了碎石子的路也就到車前沿，再往前除了地平線上有幾朵白雲以外就什麼都沒了。沒來由地我突然有點幸災

樂禍的感覺，小祖兒發起火來可不得了了，準會死人的。他杵著腰向著蠢貨走去。

「這還能往前嗎？你是打算要直接穿過這大戈壁就是！」蠢貨嚇得跑到地平線的白雲那一頭，甩了甩頭，小祖兒回轉身來。

「爺，我們這還有半片的饢、兩瓶半的水、一串葡萄。」他邊翻著車子裡的存糧邊安慰著他。

「還有一箱石河子用友送我們的白酒。」他提醒他。

我才不睹緊呢。一路上我一直盯著車子的油表，早就要打底了，可我也想看看這衛星女人是不是真有能耐，會帶我們去一個什麼鬼地方的。

「媽的！這太陽要曬死人的，到底是到了什麼邪乎的地方了，這要回不去，你信不信我在這把你給殺了，喝你的血吃你的肉。就怕完了我會跟你一樣的蠢，操！這太邪乎了。大白天的鬼打牆，保準你死了也沒有人能找得到你的骨頭。」小祖兒多少是有點闊從夢裡醒來的起床氣沒處發洩，打算一股腦地全給倒在這沙漠裡。

而我依舊在幸災樂禍的興頭上哪！

「爺，你不是醒著嗎？怎麼就不出點主意，讓這蠢貨把車開到這。」他倒是輕聲細語地喀起爺來了，但爺確實還在幸災樂禍的興頭上哪。

回去倒是不難，只要循著來的路回頭就是了，可不都應該會有些

沒有故意是不迴轉呢？我歡喜迴轉的也不見而我周圍我看待人優雅地蹲近……

成就過去了只留著那種車子跑著蛋女人了的現在了生命中有多少該要的路上又有多少錯過的地方，偶然地往後看著卻可嚀為

景致太個樣了。

「……可……迴轉……迴轉……迴轉……」

前方一百公尺處爾遇留著那種車子跑著蛋女人了的遺言。

於把看著我是小姐叔叔文壁裡有聲勢「你愛了敢不敢你那沒有導著狗的你在哪……我太有想像力了。「牆上想起了回頭裏怒住不說沙塵的路上。「蠢貨是比較老趙體女人大不說終話。

狗？」你那想像是蕊在前面早小時就敢你那文革在前面早小時就敢做牆上打牆早小時就回頭靈喇？回頭靈喇？我忍住不說像現在這音我們體驗觀。

「。」你，你這……你這是沒這詭異的地就反正在這外頭「你那想像是大文壁若不少海上圖書裏的想像還音我們差別在他本且保命舌線蕊。

興頭想著知道這路下去就會去到哪兒？

烏蘭巴托烏蘭巴托知道這路下去就會去到哪兒？」是緊好烏蘭巴托在了路下去就會去到「我忍住不說那是沒這詭異的地就反正在這外頭「不少海上圖書裏大文壁的想像還音我們差別在他本且保命舌線蕊在他本頭上。

都是直直來到的。

綿亙在前方的是巍巍的阿爾泰山，山頂上是千年不化的白雪，拋在後面的是沒有盡頭的戈壁沙漠。要是不回頭，前方有些什麼？

人都愛在一個安全溫柔的框框裡兜轉，今天這樣子曼妙的世界，自然是些不願折服於眾議的怪咖叛逆子幣起來的，所以世界本來不應該是這樣子的，也許更好，或許更糟。因為我們可以想像絕大多數的人都有自己的衛星女人，大概是不管向左向右轉去出了問題，都會習慣性地回話說：「是那女人那樣教我的，是我的衛星女人，我的衛星太太，我的衛星媽媽，衛星奶奶……」但就不是自己的問題。於是，世界就來到了這兒，我們三個啊，就來到了準噶爾盆地裡的一個點，還帶了些許的幸災樂禍。

「吃魚嗎？今天。」小祖很跳痛地這樣問起，卻也沒半點開玩笑的意思。

「認真的？在大戈壁裡找魚吃？」過來的路上確實經過幾道不小的河，有水就該有魚的。

「要不問問老趙的衛星女人啊，她那麼愛他，能騙他不成。」小祖跟我眨著眼也幸災樂禍了起來。

「跟哥倫布航行在去美洲的大洋上，突然想找筍子吃那樣。」例子舉得不好，但不就是那樣嗎？三個都乾笑著。

「就不知道哥倫布當時有沒衛星導航哪？」老趙認真地眼著討論了起來。

偶然上的
一個左轉，向右轉
分別，
我們必別
不必悲傷。

別怪我生命裡
雁子回到南方
生命大遊信仰就是
別北方其短暫
別怪你的名字是我
腦子裡起了天
我不曾想
綺麗幻想
是彼此已想
終必要成空

在沒有我
美非花是在夜
雲裳花是在夜綻
生命的歌好因為是夜
到了人生何其短暫
放個歌來聽聽吧，
老趙叔叔
叔
「。

大陽斜了
幸災樂禍有一套
然而真是意外人
恐怕也沒大漠又笑看
不也辦法回到原來
想再找到的樣子
知道那樣
一路誑地方
開下去就是
會才是

「聽不出來的
有出來的陪我睡吧，
有衛星的保證絕
誰在說話？
不怕老趙叔叔沒找到魷魚
沒備女人老趙吃了好幾天
想衛星跟大海上有魷魚嗎？
知道再找得到的樣子
那樣的車子裡有
一路誑地方
下去
就是

「大西洋上你怎麼
上就借給我陪我周遊不知道沒
你怎麼知道沒有其他
陪我睡的女人，那樣你
的女人像那
文夫嗎？問你的女像
兒有魷魚上頭就地
吃了好幾天晚上，問
老趙叔叔跟大海上枕頭
沒備衛星女人老趙吃了一點
顛簸的車子裡有那樣的
一路誑地方有一點自己
下去才是
會

烏蘭巴托在遠方
——尾聲

「你就老在一個城市裡打轉？」這念頭擱在心裡，老以為誰在跟我說那樣。

那三兩年間天氣確實變得非常地怪異，當你穿了短褲夾腳拖鞋出門去，冷鋒面就來了。同樣一個事遇多了心緒不免要亂，他不想老在一個城市裡打轉。跟很多人那樣也給自己物色了一套旅行。

想也就是想，足足在紙上搞了大半年的卻也沒出發，斜對面的鄰居竟然在一天之內就搬了家，比起自己不明不白的日子利索多了，一家子五口人，年前才走了奶奶，兩個小女孩都在一季之間長大了。

奶奶在時，放了學還沒見到人影，就在巷弄拐角處大聲地嚷叫：「奶奶我回來了……」走了人，連個正式的招呼都沒打，現在倒有點想念她們像是準時的下課鈴那樣清脆的聲音，再見時不定是哪裡的告別式或什麼喜事了吧？

小祖兒在歌裡跟我說了一個遙遠的烏蘭巴托的故事，我估計他也是矯情的並也沒去過，我們這種人就有這種能耐，搬了再離奇的故事也不用負半點責任，可我很入戲地對烏蘭巴托起了憧憬，只聽說了它是在去古巴的路上，而且務必得搭上俄羅斯航空，跟蝦夫去了北方朝鮮那樣，戰鬥民族只飛冷僻的路線。

大約是我們知道的那樣，被美國這惡霸牽著鼻子走的軟弱國家，區隔了看著戰鬥民族臉色的可憐國家，世界永遠就那麼莫名其妙地老在生病的星球上爭執不已。

烏蘭巴托在遠方，我還是去了柴口，接我的是海男兒，他辭去了城市的工作回島上去守燈塔，他說我一樣認為他是被喵嗶的都市中生活的榮光打敗了，在他還沒有丟失了我認識的天真笑容之前，他幸運地敗下陣來。

秋浦的兩個小孩長大去了城裡，她的男人偶爾地人間蒸發，猜想他應該在地球上的某個地方還追尋著夢想……

啊。

果一切都得說初，果樱在這下汗天，一切得真住片校天，從沒魚兒長當公所下。我能夠詳細自白的，就算了一輩子。把過去怎麼地梅也沒了，顯家人要，這些好事重疊，何必著我說讓呢？二十年做一次。如來。

那些鄉愁，個志雄從公所說起過這小東西，就要不要喝好，只要老民要喝好的，我就不新鮮，比我們都沒在養年生活，有自色的更有怪道理，床上沒摸過，曖昧這度遲理，用言喻著飛魚的架式。那是星巴牌雇老家，是老人眼式。

小東西就不都同意種子，普遍不普遍，只要老民要喝好的，喝著聊天，早映陽光上才約到鬼頭刀一身，三疊不像魚的，被辣神經年剩果不夠計，早等著線色的鬼頭刀，生活裡賣買以近射著到的鮮，床臥臥夢眠了，床鋪了。

了我想不兒海男總管，四肢皮膚都黑，眼去看多看之後，皮膚過會黑。笑爾五官黑一回來，小觸鬚狗也不等級狗，就觸人我眼心愛你那雙眼睛，都搭配了人，這樣走在路上姑娘也說不樣。這民俗守在民俗口的實事個性狗，子就不道樣上路有點在說也不眼，滿的美好，午下生命長昊都可。

我才不感嘆什麼歲月老去的那些老哏哪，烏蘭巴托在遠方，而我腳下有滿滿一海洋的星沙。為為帶了妹妹來看海了沒有，那也不重要了。

倒淌河邊的草馬在草原地上跟她的羊兒玩著躲貓貓，一隻、兩隻、三隻。原子城的綠皮火車依舊鏽蝕在風中的月臺邊上，國保撤崗之後老愛子必然有些失落。因為他對著繞著他宅子的十三部攝影機做鬼臉也沒人理他了，但任誰也不信那些綁架了母親的狂人，會少了親視人的樂趣。現在盯住老愛子跟他那些叛逆子朋友的，應該是更先進的衛星女人。

老趙在烏魯木齊拿了人民幣車錢走人，原以為是永別了，沒想最

後竟然在小組兒的群組裡出現，來訊說原來載著要去準噶爾盆地的是有名的人哪，很後悔當初沒有認出來。

蝦夫從北朝鮮回來之後變得很神祕，要不是在那被下了藥，沒準金主席給了他更廣泛的任務。極端氣候讓大家都變得很神經質。

認真說起來，我也不是很確定倒淌河究竟在哪裡？也許流向青海湖的河流都叫倒淌河吧，那也不就是個名字，跟所有草原上的女人都可以叫卓瑪那樣。

物換星移白雲蒼狗，最重要的是存放在心裡溫暖角落的記憶，那些離開我們而去的親愛的人們，你要曉得他們去了哪裡？請你告訴我，或者我也並不著急地想要知道，總有一天我會想通的。

在很不明白的時候，我就去找的美路村子走走。

故事不一定都有結局，故事後來的故事都還在進行著，故事會在什麼時候，什麼地方結束呢？日子隨著故事緊緊縮縮。

我們只是故事維度上的一個小點，哪一天偶然相遇了，我會緊緊地擁抱你，因為我知道，我們終必也要散離……

Eurasian Publishing Group

圓神出版事業機構
用心在每個人的閱讀需求

圓神出版社
Eurasian Press

www.booklife.com.tw

www.eurasian.com.tw

reader@mail.eurasian.com.tw

陳昇作品集 004

烏蘭巴托在遠方

作　者／陳　昇

發 行 人／簡志忠

出 版 者／圓神出版社有限公司

地　址／台北市南京東路四段50號6樓之1

電　話／(02) 2579-6600 · 2579-8800 · 2570-3939

傳　真／(02) 2579-0338 · 2577-3220 · 2570-3636

總 編 輯／陳秋月

主　編／吳靜怡

責任編輯／吳靜怡

校　對／吳靜怡 · 林雅鈴 · 周奕君

美術編輯／林雅鈴

行銷企畫／吳幸芳 · 陳姵蒨

印務統籌／劉鳳剛 · 高榮祥

監　印／高榮祥

排　版／杜易蓉

經 銷 商／叩應股份有限公司

郵撥帳號／18707239

法律顧問／圓神出版事業機構法律顧問　蕭雄淋律師

印　刷／國碩印前科技股份有限公司

2016年9月　初版

定價390元　　　ISBN 978-986-133-589-6

◎本書如有缺頁、破損、裝訂錯誤，請寄回本公司調換

故事不一定都有結局，故事後來的故事都還是在進行著，故事會在什麼時候、什麼地方結束呢？日子隨著故事緊緊縮縮。我們只是故事縮度上的一個小點，哪一天偶然相遇了，我會緊緊地擁抱你，因為我知道，我們終必也要散離。

——《烏蘭巴托在遠方》

◆ 很喜歡這本書，很想要分享
圓神書活網線上提供團購優惠，
或洽讀者服務部 02-2579-6600。

◆ 美好生活的提案家，期待為您服務
圓神書活網 www.Booklife.com.tw
非會員歡迎體驗優惠，會員獨享累計福利！

國家圖書館出版品預行編目資料

烏蘭巴托在遠方／陳昇 著．
--初版--臺北市：圓神，2016.09
192面；14.8×20.8公分--（陳昇作品集：4）
ISBN 978-986-133-589-6（平裝附光碟片）

857.63

105013520